隱形人

The Invisible Man

H. G. 威爾斯
Herbert George Wells —— 著　　王寶翔 —— 譯

目錄

第一部

第二部

第一部

1 怪客現身

陌生人在二月一個寒冷的日子現身，穿過刺骨寒風跟強勁的吹雪，這是今年最後一場降雪。他橫越厚厚的雪堆，從布蘭博赫斯特[1]火車站走來，戴著厚重手套的手裡提著一只黑色旅行小皮箱。他從頭到腳包得密不通風，軟呢帽的寬帽沿遮住了整張臉，只露出發亮的鼻尖。雪花積在他的肩膀與胸膛上，也爲他手裡那只重擔添上一頂白冠。他蹣跚踏進「馬車與駿馬」旅店，奄奄一息，一把扔下皮箱。

「看在人類慈悲的份上，」他喊，「快生火！給我個房間，然後生火！」他在旅店裡跺腳、甩掉身上的雪，便跟著霍爾太太到她的會客室討論房價。就憑這句簡單的開場白，以及在桌上丟出兩枚索維林金幣[2]之後，陌生人住進了旅店房間。

霍爾太太點燃壁爐，讓陌生人獨自待在房內，便親自下廚去了。有個客人在冬季造訪易平村[3]，已經是前所未聞的好運，更別提這人還不會討價還價呢！所以她打定主意要證明自己有資格受這種福氣。等培根一下鍋，又用了幾句熟練的輕蔑話叫她那蒼白無力的女僕米莉加快動作之後，霍爾太太就端著桌布、餐盤和酒杯到會客室，以最盛大最光采的方式開始擺桌。壁爐裡的火很快就燃起來了，她很訝異看見這位客人仍穿戴著帽子和大衣，背對她站在窗前，望著院子裡落下的雪。他戴手套的手握在背後，似乎沉浸在思緒中。她注意到他肩上仍有閃閃發亮的融雪，水滴正落到她的地毯上。

「我能不能替您拿帽子和外套呢，先生？」她說，「然後拿去廚房好好烘乾？」

「不行。」他說，沒轉過身。

她不確定有沒有聽到他的回答，打算重問一次。

陌生人轉頭，越過肩膀看她。「我想繼續穿著。」他加重語氣。她這時也注意到這人戴

1 布蘭博赫斯特（Bramblehurst）：可能影射英國南方城鎮米德赫斯特（Midhurst），威爾斯曾在這裡當過老師。

2 索維林金幣（sovereign）：一八一六至一九三二年在英國流通的金幣，一枚等於一英鎊；當時一英鎊約等於現今的一百二十鎊。

3 易平村（Iping）：實際存在的村落，位在米德赫斯特西北方約三公里處。

了副藍色大目鏡，連側面也有鏡片，大衣領子上還露出濃密的絡腮鬍，完全遮住了他的臉。

「沒問題，先生，」她說，「如您所願。房間再一下就會變暖了。」

陌生人沒回答，轉過頭去再次背對她。霍爾太太感覺談話時機不對，斷斷續續地趕緊擺好桌上其餘物品之後，就飛奔出房間了。當她回來時，他仍像座石雕站在那兒，躬著身、立著領子，滴水的帽沿也往下拉，完全遮住他的臉跟耳朵。她用誇大的動作放下蛋和培根，然後對他喊道：「您的午餐來了，先生。」

「謝謝。」他同時回答，在她關上門時也沒動一下。接著才轉過身，急急忙忙地往桌子靠去。

霍爾太太回到廚房櫃檯後面時，聽見有個聲音規律地重複傳來：刷、刷、刷。是湯匙在盆子裡快速攪動的聲響。「那女孩！」她說，「眞是的！我忘得一乾二淨了。都是她動作太慢！」於是霍爾太太自己搶過來把芥末拌好，順便責備米莉幾句，罵她動作怎麼慢成這樣。霍爾太太煎好培根、煮好蛋、鋪好餐桌，包辦了一切，而米莉唯一做好的事情（眞是幫了大忙哪！）就是拖慢芥末的製作。這人可是個想住下來的新客人呢！她裝滿芥末罐，十分莊重地放在金灰色的茶盤上，然後端進會客室。

她敲了門就立刻進去。這瞬間客人也迅速動了一下，她瞥見有個白色物體消失在桌下，看來他似乎是從地板撿起某樣東西。她用力地把芥末罐擺到桌上，並注意到陌生人的大衣跟帽子都脫下來了，掛在壁爐前的一張椅子上；還有一雙溼漉漉的靴子，就擱在壁爐架上，肯定會讓鋼條生鏽。她態度堅決地走向那些東西。

「我現在就把這些拿去烘乾。」她說，口氣不容絲毫拒絕。

「別碰帽子。」她的客人說，聲音聽起來像是被什麼東西悶著。她轉身，看見他坐在那兒抬頭注視她。

她瞠目結舌地站了好一陣子，驚訝得說不出話來。

男人把一塊白布（他自己帶來的餐巾）蓋在臉的下半部，完全遮住他的嘴跟下巴，難怪聲音會含糊。但這不是讓霍爾太太嚇一跳的原因；真正原因在這人的藍目鏡上方，他的額頭被一條白繃帶完全包住，還有另一條蓋住耳朵，整張臉僅僅露出粉紅色的尖鼻子，鼻頭一樣粉得發亮。他身穿暗棕色的天鵝絨外套，在脖子周圍拉起亞麻襯裡的高高黑領。從層層繃帶底下探出來的幾撮濃密黑髮，構成了奇異的鬢角。這人的外貌實在是古怪至極。這顆用繃帶罩住的腦袋，完全超出霍爾太太的預想，以致她好一陣子只能僵住不動。

陌生人沒把餐巾拿開，繼續蓋在臉前，這時她才看見，他是用戴著棕手套的手拿著餐巾。他用那副深不可測的藍色目鏡打量著她。

「別碰帽子。」他說，聲音非常清楚地越過白布。

她的神經這才從剛剛的驚嚇中恢復過來。她把帽子放回火邊的椅子上。

「我不知道，先生，」她開口，「這——」接著尷尬打住。

「謝謝你。」他冷冷地說，眼神從她身上轉到門口，再轉回來看她。

「我會馬上把它們烘得乾爽舒適，先生。」她說，端著他的衣服離開房間。她踏出門時又回頭看了一眼那人罩著白布的頭，以及那副藍色目鏡，餐巾仍然遮著他的臉。她關上門時微微發抖，臉上完全反映出她的訝異與困惑。

「眞誇張，」她低聲說，「怎麼一回事！」她靜悄悄地走進廚房，滿腦子都在想這件事，所以進去時也沒問米莉剛剛到底在廚房瞎混什麼。

陌生人坐著聽霍爾太太的腳步聲走遠，探究地看一眼窗戶，然後才拿下餐巾繼續用餐。他吃一口，滿腹疑心看著窗戶，然後又吃一口，接著站起來，拿著餐巾走過房間，把窗簾拉下，蓋過了原本掩著下層窗板的白棉布，房間頓時陷入漆黑。完成這件事後，他才放心地返回桌邊用餐。

「這個可憐蟲，一定是出了意外，或是動過手術之類的，」霍爾太太說，「可以確定的是，那些繃帶眞是嚇壞我了！」

她給壁爐添上更多煤，打開晒衣架，把旅人的外套攤在上頭。

「還有那副目鏡！他看起來與其說是一個人，反倒更像潛水夫頭盔！」她把客人的厚手套掛在晒衣架角落。

「還一直把餐巾舉在臉前面，透著它講話……說不定他的嘴也受傷了。也許吧。」

她突然想起一件事，轉過身。

「天哪！」她說，直直地趕過去，「你還沒弄好馬鈴薯啊，米莉？」

等到霍爾太太去收拾陌生人的午餐時，她稍早的猜想便得到證實——這人的嘴想必是在意外中割傷或毀容，她認定他因此受苦；因爲這人正抽著菸斗，而她待在房間的這整段時間裡，他都沒有鬆開下半臉的餐巾。並不是他忘了取下，因爲熄滅菸斗時，她看見他還瞥了餐巾一眼。他背對窗簾坐在角落，既然已經酒足飯飽，身子也暖得舒舒服服，他這時說的話就不像之前一樣短促又充滿敵意。他的大鏡片倒映著火光，在鏡片添上了一股稍早沒有的紅色生機。

「我有些行李放在布蘭博赫斯特車站。」他說，並問她要怎麼找人把行李送來。他聽著霍爾太太解釋，禮貌地點著那顆包著繃帶的頭回應。

「明天才行？」他說，「沒有更快的法子了嗎？」

「沒有。」她說。他聽了似乎大感失望。她眞的確定嗎？找不到一輛雙輪馬車願意跑一趟？

霍爾太太並不覺得煩，回答問題之餘也藉這機會跟陌生人閒聊。

「這是山丘上的陡路啊，先生。」她回應了馬車的問題，然後抓準時機說：「一年多前就有輛馬車在那裡翻覆，除了車伕以外，有個紳士也送命了。意外說發生就發生哪，先生，您說是嗎？」

但客人不願這麼輕易棄權。「的確。」他越過圍巾說，用那副看不透的目鏡，沉默地望著她。

「不過受傷的人得花很長時間才能康復，是吧？……我妹妹的兒子湯姆前些日子才被鐮刀割傷手臂。他在乾草田裡跌倒，摔到鐮刀上，結果老天哪！他的手得綁起來整整三個月呢，您一定不敢相信。這可害我怕死了鐮刀，先生。」

「我完全能理解。」客人說。

「他很怕要動手術，他的手就是傷得那麼糟糕，先生。」

客人突然笑了，但似乎想在嘴裡嚥下那刺耳笑聲。「是嗎？」他說。

「是啊，先生。不過他受到的影響可不好笑，這事情也影響了我。我妹妹還有其他小孩要忙著照顧，我只好去幫忙呢，先生，綁繃帶啊、拆繃帶啊，所以要是我能放肆地問一下哪，先生——」

「你能不能幫我拿些火柴來？」客人頗爲唐突地說，「我的菸斗熄了。」

霍爾太太立刻閉嘴。跟他說了這麼多，他這般打斷她自然很沒禮貌。她愣愣地瞪了他一會兒，接著想到了那兩枚索維林金幣，只好走去拿火柴。

「多謝。」她放下火柴時，他簡潔地說，然後就背向她，再次盯著窗外。這整件事眞是教人氣餒。顯然他對手術跟繃帶的話題很敏感，儘管她最後沒能「放肆地」說出她想說的話，但他中斷話題的方式令她不悅。米莉那個下午可不太好過。

客人在會客室一直待到四點鐘，沒受到半點打擾。大半時間他連動也不動；似乎只是坐在越來越黑的房裡，對著壁爐抽菸——說不定還在打盹。

假如有好奇人士在房外偷聽，或許會聽見他鏟了一兩次煤，還有在房裡踱了五分鐘的步；他似乎在自言自語，然後又坐回去，扶手椅嘎吱作響。

2 泰迪·亨佛利先生的第一印象

下午四點，天已經很黑，霍爾太太也鼓起勇氣，正想去問客人要不要來點茶。就在這時，鐘錶匠泰迪·亨佛利踏進了旅店。

「我的老天！霍爾太太，」他說，「這種天氣穿薄靴子可冷死啦！」外頭的雪下得更大了。

霍爾太太表示同意，並注意到他帶著一只袋子。

「既然你來了，泰迪先生，」她說，「要是能看一下會客室裡那座老鐘啊，我會很高興的。它會走，鐘聲響亮有力，可是時針壓根不動，只會指著六點。」

她帶路走到會客室前，敲了敲門便走進去。

她一打開門，看見客人坐在壁爐前的扶手椅裡，似乎在打盹，包著繃帶的腦袋垂向一側。除了些微的殘餘日光從門外灑進來，房裡唯一的光線是壁爐的紅光，照著他的目鏡，好似顏色顛倒的鐵路號誌，也使他那垂下的臉落在黑暗中。房裡的一切在霍爾太太眼裡顯得好紅、好幽暗、好模糊，尤其她剛才只點了櫃檯的燈，對視力更是雪上加霜，害得她兩眼昏花。不過有那麼一秒鐘，她看到這男人似乎有著一張奇大無比的嘴——那大得不可思議的嘴，吞掉了他的下半邊臉。這一刻眞教人驚奇：包著白繃帶的腦袋、巨大的護目鏡，以及底下的大開口。男人即刻醒來，趕緊在椅子上坐直，舉起了手。霍爾太太已經整個打開門，所以房間亮多了，也能將這人看得清楚一些。他就和之前看到的一樣，把餐巾舉在臉前。她猜想那個大開口只是陰影造成的錯覺。

「先生，您介不介意讓這人進來檢查時鐘？」她說，從短暫的震驚中恢復過來。

「檢查時鐘？」他昏昏欲睡地回頭看了一眼，然後稍微清醒了點，說道：「當然好。」

霍爾太太離開去拿油燈，陌生人也站起來伸懶腰。燈提來了，泰迪·亨佛利先生也走進房裡，撞見了這位包繃帶的人。他後來說，當時他「嚇了一跳」。

「午安。」陌生人說，打量著鐘錶匠。亨佛利先生對那副深色目鏡印象深刻，根據他的事後說法：「好像一隻龍蝦。」

「希望沒打擾到您。」亨佛利先生說。

「完全沒有，」陌生人說，「不過就我所知，」他轉身對霍爾太太說：「這房間應該是我獨自使用的。」

「先生，」霍爾太太說，「我以爲您會希望把時鐘——」

「當然，」陌生人說，「當然……但原則上我想一個人待著，不被打擾。不過嘛，我也希望有人來修好這座鐘，」他在亨佛利先生的舉止裡察覺到一絲猶豫，便又說了一次，「非常希望。」

亨佛利先生本來要道歉離開了，但陌生人的一番期待，讓他像是吃了定心丸。陌生人轉過身來，背向壁爐，把手放在背後。

「現在，」他說，「等鐘修好之後，我想要喝點茶。但是得等鐘修好再說。」

霍爾太太正準備離開房間——她這回沒有試著跟客人攀談，因爲她不想在亨佛利先生面前碰釘子——結果客人在這時問她，有沒有安排把他的行李從布蘭博赫斯特車站運來。她告訴對方，她跟郵差提過這件事，明早就能帶來。

「你確定這是最快的辦法？」他問。

她很確定。語氣十分冷酷。

「我應該解釋一下，」陌生人補充，「我是個實驗調查員」。我之前太冷太累，所以沒有提起。」

「眞的啊？先生。」霍爾太太說，甚是佩服。

「而我的行李裡，裝有儀器跟設備。」

「的確是很重要的東西，先生。」霍爾太太說。

「我自然也非常急著繼續做實驗。」

「當然了，先生。」

「我之所以來到易平村，」他繼續說，刻意擺出愼重的樣子，「是因爲……想要獨處。我不希望我的工作被干擾。除此之外，一場意外——」

「跟我想的一樣。」霍爾太太自言自語。

「——導致我需要某種程度的隱居。我的眼睛……我的眼睛有時會太過虛弱和疼痛，我必須把自己關在漆黑的房間裡，好幾個小時避不見人。有時……偶爾就是會這樣。現在當然沒有。在那樣的狀態下，任何一點小干擾，像是有陌生人進來房裡，就會讓我極度煩惱。我希望你們能了解這點。」

「當然了，先生，」霍爾太太說，「那麼請容我放肆地問——」

「我想就這樣了。」陌生人說，舉止間微妙地帶有一股無法抗拒的決斷，彷彿他有權這麼認定。霍爾太太決定把她的疑惑跟同情心留到更合適的場合。

根據亨佛利先生的說法，霍爾太太離開房間後，陌生人仍然站在壁爐前，瞪著他修理時鐘。亨佛利先生不只拆下指針和鐘面，也取出了內部機械；他盡可能地用最慢、最安靜的方式工作。他把提燈放在身邊，綠色燈影照在他手上，在鐘框和齒輪上反射出耀眼亮光，使房間其餘部分陷入漆黑；他抬頭時只看得見斑駁色塊。向來生性好奇的他，打算拖延離開的時間，說不定能跟陌生人聊聊，所以才多此一舉地取出內部機械。但陌生人只是沉默地站在原地不動，靜得讓亨佛利極度不安。他感覺自己在房裡好孤單，一抬頭便看見那顆包著繃帶、又暗又灰的腦袋，巨大藍色鏡片直直盯住他，還有一團綠色光斑在目鏡前飄動。亨佛利先生覺得這太詭異了，有整整一分鐘他們只是彼此對望，然後他才垂下目光。太尷尬了！應該要有人說點話。他該不該提一下今年這時候天氣格外地冷呢？

1 實驗調查員：即科學家。

他抬頭，彷彿準備用這句開場白瞄準目標。

「今年冬天的天氣——」他開口。

「你爲何不快點修好離開？」站住不動的人影說，顯然在竭力壓抑怒氣。「你明明只需要修好時針轉軸。你擺明想騙人——」

「當然，先生……再一分鐘就好了。我只是漏看了……」亨佛利先生修好鐘，走出房間。

但他離開後越想越生氣。「該死！」亨佛利先生喃喃自語，跋涉過路上的融雪，穿越村莊。

「不然你來修啊。」

「難道別人看你一眼也不行嗎？——瞧瞧你多醜！」

「看來是不行。如果警察在通緝你，你也不得不渾身包成這樣了。」

他在吉利森街角看見霍爾先生，就是這個人最近娶了在「馬車與駿馬」招待陌生人的那位女主人。偶爾有人需要搭車時，他就負責駕駛易平村的公用馬車到錫德橋路口。霍爾先生正從那裡回來，往亨佛利先生靠近。根據霍爾先生的駕車習慣，他顯然是在錫德橋「歇息」

了好一陣子。

「你好嗎，泰迪?」他經過時說。

「你家有個怪人!」泰迪說。

霍爾先生溫和地停下馬車。「什麼?」他問。

「有個模樣怪裡怪氣的傢伙去了『馬車與駿馬』，」泰迪說，「我的老天哪!」

接著他生動地對霍爾先生描述這位怪客。「看起來有點像僞裝，對不對?要是有人住在我家，我會希望看得見他的臉。」亨佛利先生說。「可是女人都太信任陌生人了。他住進你家房間，卻連個名字也沒給，霍爾。」

「哎呀，你不早點告訴我!」霍爾說。他是個反應遲鈍的人。

「他確實住進去了，」泰迪說，「一個禮拜。你這星期擺脫不了他的。然後他說，明天有很多行李會送來。我們就祈禱箱裡裝的不是石頭吧，霍爾!」

他告訴霍爾，他住在海斯汀的阿姨被一位帶著空皮箱的陌生人騙了。總之他的話讓霍爾滿腹疑心。

「走吧，老女孩，」霍爾對他的馬說，「我想我該回去瞧瞧。」

泰迪繼續走他的路，心中重擔放下了許多。

但霍爾還沒能「瞧瞧」，就先被太太臭罵一頓，因爲他在錫德橋耗了太久。而他的溫柔詢問也就換來暴躁、不成回覆的回覆。儘管備受挫折，泰迪在霍爾先生心中種下的懷疑種子早已萌芽。

「你們這些女人家，自以爲什麼都懂。」霍爾先生說，打定主意要盡早調查客人的性格。等到陌生人在九點半左右就寢後，霍爾先生就闖進會客室，猛盯著他太太的家具，藉此宣示陌生人不是這裡的主人，並略帶輕蔑地端詳陌生人留下的一張寫著數學算式的紙。上床睡覺時他交代太太，隔天陌生人的行李送來後，她得非常仔細檢查。

「管好你自己的閒事，霍爾，」太太說，「我的事我來管就好。」

她非常想痛罵霍爾一頓，因爲陌生人無疑是怪得不尋常的那種陌生人，她自己也心神不寧，無法安撫先生。她在半夜夢見一個龐大的白色腦袋，像顆大頭菜，長在永無止盡的脖子上，一直追著她，還有雙巨大的黑眼窟窿。但霍爾太太身爲一位明理的女人，她壓下恐懼，翻個身又睡著了。

3 一千零一個瓶子

於是乎，就在剛融雪的二月二十九日¹這天，陌生人就這麼憑空降臨易平村。隔天他的行李也越過融雪送來——確實是引人注目的行李。有兩個大皮箱，是聰明人會用的那種；此外還有一大箱書，全是大部頭書籍，寫著看不懂的筆跡；還有十幾個木箱、盒子與各式容器，裡頭裝著一些用乾草包裹著的東西。霍爾先生有點好奇，隨意地扯著乾草，看起來似乎都是些玻璃瓶。

霍爾先生跟郵差費倫賽閒談了一會兒，正準備把行李搬進去，陌生人這時已經不耐煩地跑出來迎接馬車，全身上下用帽子、大衣、手套、圍巾包緊緊。他出來時沒注意到費倫賽的狗，正在霍爾腳邊與沖沖地嗅著。

1 二月二十九日為閏日，暗示故事發生於一八九六年（閏年）。

「快把箱子扛過來，」陌生人說，「我已經等得夠久了。」

他走下台階到馬車後面，正要拿起小箱子。

沒想到費倫賽的狗一瞧見陌生人，毛就豎了起來，發出野性的低吼。他跑下樓梯的同時，狗兒也突然跳起來，直接撲上了他的手。

「哇啊！」霍爾大叫一聲往後跳開，因爲他碰到狗就沒輒。費倫賽大吼一聲「趴下！」並抄起他的鞭子。

他們瞧見狗兒的牙齒擦過那隻手，又聽見陌生人踹了一腳；狗兒接著往旁邊一跳，對準他的腳咬下去，撕破了他的褲管。然後，費倫賽的鞭子揮來，狗兒驚慌慘叫，躲到了車輪底下。整件事在半分鐘內落幕，沒人說得出話，全部人都在大吼大叫。陌生人很快看了一眼扯破的手套跟褲管，似乎想要蹲下去蓋住褲管，然後就轉身匆匆跑上台階進旅店了。他們聽到他一個勁兒衝過走廊，跑上沒鋪地毯的樓梯，回去了他的臥室。

「你這畜牲！」費倫賽說，拿著鞭子爬下馬車，那隻狗只是在輪子下看著他。「你，」費倫賽說，「最好給我過來。」

霍爾站在那兒目瞪口呆。「他被咬了，」他說，「我最好去瞧瞧。」

他小跑步跟上陌生人，在走廊裡遇見他太太。「郵差的狗剛才咬了他。」他說。

他直接跑上樓。既然陌生人的房門開著，他就順理成章地闖了進去，問也沒問一聲。

窗簾已經拉下，房內很暗。他瞧見了這世上最奇異的東西——一隻沒有手掌的手臂朝他揮過來，還有一張臉，由三大塊模糊的白斑構成，有如一朵淡淡的三色堇。然後，他被狠狠打中胸膛，退了幾步，房門也當著他的面摔上、鎖住。這一切發生得太快，他壓根沒時間看清楚，只知道有個不明的形體晃動，撞上了他，把他震開。他站在黑暗的樓梯小平台上，納悶方才究竟看見了什麼。

幾分鐘後，他回到了聚在「馬車與駿馬」外的那一小群人身邊。費倫賽正在跟大夥講第二遍故事；霍爾太太說費倫賽的狗沒資格咬她的客人；雜貨店老闆赫斯特則是滿腹疑問；打鐵舖的山帝．威哲斯則自有解讀；此外還有一些女人和孩子，他們都在說些蠢話：

「才不會讓狗咬我呢。」

「怎麼可以養這種狗。」

還有「狗幹嘛咬人呀？」等等。

霍爾先生站在台階上看著這些人，聽他們七嘴八舌，心裡還在暗自震驚，剛剛在樓上竟目睹了如此奇異的景象。然而，他懂的字彙實在太有限，表達不出他的感想。

「他說，他不需要人幫忙，」他回應妻子的詢問，「我們最好把他的行李拿進來。」

「他應該要馬上燒灼傷口，」赫斯特先生說，「如果紅腫的話，尤其得做。」

「是我的話就一槍斃了那條狗！」人群裡一位女士說。

狗兒突然又開始低吼。

「快點啊，」門口裡面一個憤怒的嗓音喊著，包住身子的陌生人就站在那兒，拉起領子、壓下帽沿，「你們趕快把東西搬進來，我會比較高興。」有個不知名的旁觀者指出，陌生人的長褲和手套換過了。

「您有受傷嗎，先生？」費倫賽說，「我眞的很抱歉那隻狗——」

「完全沒有，」陌生人說，「連皮膚都沒擦傷。快點搬那些東西。」

陌生人還責罵自己。霍爾先生後來是這麼說的。

根據陌生人的指示，第一個箱子直接搬進會客室，他急切地上前打開，完全不顧霍爾太太的地毯，把乾草撒了滿地。他從裡面掏出瓶瓶罐罐——裝著粉末的小粗瓶、裝著有色或白色液體的纖細小瓶、標著「毒藥」的藍液體瓶、細口圓瓶、大型的綠玻璃跟白玻璃瓶、附玻璃瓶塞和毛玻璃標籤的、有細緻軟木塞的、有粗軟木塞的、木蓋子的，還有酒瓶跟沙拉油瓶。他把這些都放滿了收納櫃、壁爐架、窗戶旁的桌子、地板上，和書架上——所有地方都堆滿了。布蘭博赫斯特藥局全部的瓶子加起來，都不敢說有這一半多呢。多麼壯觀的景象啊。陌生人一個接著一個，從箱子不斷取出瓶子，直到六個箱子都空了，桌上也堆滿高高的乾草；從箱子拿出來唯一不是瓶子的東西，是一些試管，與一只小心包裝的天秤。

箱子的東西都翻出來之後，陌生人馬上走到窗旁開始工作，一點也不在乎四散一地的乾草、熄滅了的壁爐，或是還在外頭的那箱書，也不管搬到樓上的皮箱和其他行李。

霍爾太太端著晚餐去找陌生人時，他已埋首在工作裡，從瓶子倒出一滴滴液體到試管內。他也沒聽見她進來，直到她掃開桌上一堆乾草、放下盤子；她的動作也許稍微刻意了點，因爲她不喜歡地板弄成這樣。陌生人轉頭看，又立刻轉開。霍爾太太發現他拿下了目鏡，就擱在他旁邊的桌上，她感覺他的眼窩似乎深得不可思議。陌生人重新戴上目鏡，才回過頭來面對她。她正想抱怨地板上的乾草，卻被對方搶先一步。

「我希望你不要沒敲門就闖進來。」他用格外惱怒的口氣說，這似乎已經成了他的招牌特色。

「我有敲門，但是好像——」

「也許你確實有敲，可是我在做實驗時——我的實驗是非常緊急和必要的——最輕微的打擾，比如門的嘎吱聲，都有可能影響我。我得請你——」

「當然好，先生。您知道，您想要的話可以鎖門。隨時都行。」

「很好的主意。」陌生人說。

「關於這些乾草，先生。要是我能放肆地問——」

「不。要是乾草造成你的困擾，就記在我的帳上。」他對她咕噥了幾句——聽起來很像是在咒罵。

這人站在那兒的模樣真奇怪，凶狠又暴躁，兩手各拿著一個瓶子和一根試管，害霍爾太太很緊張。但她是個意志堅決的女性。

「這樣的話，先生，我想知道您打算付——」

「一先令——給我記一先令的帳。這應該夠了吧？」

「夠，」霍爾太太說，拿了桌布鋪在桌上，「當然，只要您滿意——」

陌生人轉身坐下，大衣領子對著她。

霍爾太太後來證實，他整個下午都鎖著門工作，多半時間也默不作聲；但有一回傳出巨響和瓶子碰撞聲，好像撞到了桌子，然後是某個瓶子被用力扔到地上的聲響，最後是急促穿過房間的踱步聲。霍爾太太深怕「出了什麼事」，便走到門邊偷聽，沒有敲門。

「我做不下去了，」陌生人嚷叫，「我做不下去了。三十萬、四十萬種組合！太多了！我被騙了！這可能得花上我一輩子！……說什麼要有耐心，是啊！我眞蠢！眞蠢！」

霍爾太太聽見吧檯那邊傳來釘鞋踩在磚頭上的聲音，只得不情不願地走開，讓陌生人繼續自言自語。等她回到房間旁邊，裡面又恢復了安靜無聲，只聞椅子的微弱嘎吱聲，以及偶爾碰到瓶子的叮響。陌生人已經發洩完畢，重新埋首工作。

她把他的茶端進去時，看見凸面鏡底下有些碎玻璃，還有一塊草率擦過的金色汙漬。她對陌生人提起這件事。

「記在我的帳上，」客人怒聲說，「看在老天份上，少替我操心。要是我造成什麼損害，就給我記在帳上。」說完，他繼續在面前的筆記簿給一份清單打勾。

「我告訴你們一件事。」費倫賽神祕兮兮地說。這時接近傍晚，他們全擠在「易平村山丘」小啤酒館裡。

「什麼事?」泰迪．亨佛利說。

「你們討論的那個人，就是被我的狗咬的那位。嗯——他的皮膚是黑的，至少腿是黑的。我看到了他褲管和手套破洞底下，你們以爲會看到紅潤的皮膚，對吧?唔，他身上沒有，只有漆黑一片。我跟你們說哪，他就跟我的帽子一樣黑。」

「老天爺!」亨佛利說，「徹頭徹尾的奇案。他的鼻子紅潤得跟油漆一樣呢!」

「沒錯，」費倫賽說，「我知道。我來告訴你們我是怎麼想的。這人就像隻花斑馬，身上有一塊塊黑色跟白色，他也引以爲恥。他是某種混血兒，可是膚色沒有混在一起，而是分開成塊狀。我以前聽過這種事;而且誰都看得出來，這就跟花斑馬一模一樣。」

4 庫斯先生會見陌生人

到目前爲止，我以頗充分的細節描述了陌生人抵達易平村的狀況，以便讓讀者理解他在村民心中留下何等古怪印象。不過，一直到俱樂部節慶日之前，除了兩件怪事外，人們大致上只是對他的情況視而不見。

他和霍爾太太爲旅店規範的事起過幾次衝突，而每當有跡象顯示房租餘額即將不足，陌生人就額外丟出一筆錢，輕鬆打發掉她的抗議，就這樣一直到四月底。霍爾不喜歡他，一有機會就想把他趕出去；但也只能假惺惺地掩飾不滿，並盡可能迴避這位客人。

「等到夏天再說吧，」霍爾太太睿智地說，「到時候藝術家會湧進村內，然後我們再看怎麼辦。他也許有點傲慢，但不管你怎麼說，準時付清的帳就是準時付清的帳。」

陌生人不上教堂，行爲舉止在星期天跟其他日子也沒什麼兩樣，連那身怪服裝也一樣。霍爾太太發現他的工作斷斷續續，有時他早早下樓，一直忙於工作；有時則晚起，在房間裡踱步，連續好幾個小時大聲唉聲嘆氣，抽著菸，最後坐在爐火邊的扶手椅上睡著。他完全沒有跟村莊以外的世界聯繫。他的脾氣依舊難以捉摸；多數時候就好像處在無法忍受的刺激之下，還有一兩次突然暴力發作，把東西折斷、壓壞，或打碎。他似乎長期處在一種最強烈的不悅狀態，而且越來越常低聲自語，但是霍爾太太再怎麼仔細聽，也完全聽不出個所以然。

陌生人白天很少外出，黃昏時卻會包著全身出門，不管天氣冷熱。他會挑人煙最稀少的路走，或是樹蔭、河岸下這種陰暗的路。他的護目鏡以及那張用繃帶罩住、有如鬼魅般的臉，就藏在帽沿底下，有時還會在黑夜中突然浮現在一兩位返家工人面前；就連泰迪·亨佛利也體驗過。他有天晚上過了九點半跌跌撞撞走出「紅衣衛」酒館，結果就在打開門時，突然看見店門光線照到陌生人那骷髏頭似的腦袋（他當時在散步，帽子拿在手上），讓他十分丟臉地嚇了一跳。孩童在晚上看見他，就會作妖怪惡夢；人們也說不出來，究竟是陌生人厭惡那些小男孩比較多，還是他們討厭他比較多。不論如何，雙方都對彼此抱持一股強烈的厭惡。

可想而知，一位外表舉止如此顯目的人，自然會成爲易平村這種地方茶餘飯後的話題。

人們對他的職業有很多不同看法。霍爾太太對這點很敏感；每當有人問她，她就非常小心地解釋他是個「實驗調查員」，小心翼翼發出每個音節，活像個怕踩到陷阱的人。人們問她什麼是實驗調查員時，她就會帶著一絲優越感，說受過最多教育的人都這樣講，還順便解釋陌生人「發現」了一些東西。她說她的客人發生意外，害他的臉和手暫時變色；既然這人生性敏感，他就很厭惡在公眾場合被人注意到這件事實。

就她聽到的說法，多數人相信陌生人是個罪犯，想要避開法網，所以才把自己團團包住，以避開警方辨識。這概念最初源自泰迪・亨佛利先生的腦袋；打從二月中或二月底，此地就沒發生過任何有規模的犯罪了。接著，公立學校的實習助理顧爾德先生用他的想像力加油添醋，使得理論發展如下：陌生人其實是個僞裝的無政府主義者，正在製作炸藥。顧爾德先生於是打定主意，要用空閒時間調查——包括，在路上遇見陌生人時非常仔細盯著對方，還有跟從沒見過陌生人的人問起他的事。換言之，他什麼內幕也沒查到。

另一派人則追隨費倫賽先生的觀點，他們接受的要不是花斑馬理論，就是這理論的變形版；比如，有人聽到賽拉斯・杜岡主張：「要是他願意去市集表演，馬上就能賺進大把銀子哪。」杜岡身爲業餘神學家，把陌生人比喻爲聖經裡那個領了主人一千銀子、卻只埋在地裡的懶蟲[1]。

不過，對於這整件事還有另一種看法，就是把陌生人當成毫無害處的瘋子——這種理論的優點是什麼都能馬上得到解釋。

在這些主要立場之間，有很多猶豫不決者跟折衷主義者。薩塞克斯郡人不太迷信，一直要到四月初的種種事件之後，村內才開始流傳一些超自然的說法。即使如此，也只有女人家才信這套。

不論人們對陌生人看法爲何，整體上易平村民都同意：他們不喜歡他。這人的易怒性格——雖然就一位都市來的學者而言是可理解的特質——在這些安寧的薩塞克斯郡村民眼中十分驚人。那些不時嚇到他們的發狂手勢；入夜後急促繞過轉角、一個勁兒經過他們身邊的魯莽步伐；不近人情地嚇阻任何小心翼翼的好奇打探；外加對幽暗的熱愛——關起門、拉下窗簾、吹滅蠟燭與提燈——誰能說得準到底發生了什麼事？

每當陌生人走過村莊，他們就會迴避，等他走過之後，喜歡開玩笑的年輕人就會豎起大衣領子和壓低帽沿，神經兮兮地跟在後面走，模仿那故作神祕的姿態。當時有首很受歡迎的歌叫〈怪人來了〉，賽秋小姐在學校教室的音樂會演唱這首歌（還用教堂的油燈提供照明）；於是，每當有一兩位村民聚在一起，陌生人也剛好出現時，就會有人用口哨吹起一兩小節走調的曲調。遲來的小孩子則會對著他背後大喊「怪人！」，然後興奮地發著抖跑開。

村裡的家庭醫師庫斯先生非常好奇，因爲那些繃帶引起了他的職業興趣，而那一千零一個瓶子的傳聞激起了他的嫉妒；整個四月與五月，他都渴望找機會跟陌生人交談。等快要到白色星期天那週[2]，他再也按捺不住，於是藉口要替村內一位護士編捐款表，前往拜訪。他訝異地發現霍爾先生不曉得客人叫什麼名字。「他確實有給名字，」霍爾太太毫無根據地主張，「但我沒聽清楚。」她認爲，不曉得這位房客的名字好像會遭人取笑。

庫斯敲敲旅店的會客室門，走了進去。房內傳來清楚的詛咒聲。

1《馬太福音》二十五章第十五節：「按著各人的才幹給他們銀子：一個給了五千，一個給了二千，一個給了一千，就往外國去了。那領五千的隨即拿去做買賣，另外賺了五千。那領二千的也照樣另賺了二千。但那領一千的去掘開地，把主人的銀子埋藏了。」

2 白色星期天（Whitsun）：或聖靈降臨節（Pentecost），即基督教的五旬節，從復活節開始算的第五十天。但對英國長老教徒與衛理公會教徒來説，是復活節後的第八個星期天。聖靈降臨節開始的那週即為聖靈降臨週（Whitsuntide）。

「請原諒我的打擾。」庫斯說，並把門關上，讓霍爾太太無緣參與剩下的對話。

接下來十分鐘，她聽見房內傳來低語，然後是一聲訝異喊叫、一陣慌亂腳步聲，有張椅子被猛然推開，有個人刺聲大笑，最後有人匆匆走向門口。庫斯臉色慘白地衝了出來，回頭盯著背後；他沒關門、也沒看霍爾太太一眼，就大步穿過走廊，跑下樓梯。她聽著他沿路急忙離去的腳步聲。

陌生人的帽子拿在手裡。接著她聽到他輕笑一聲，腳步聲穿過房間；但從她站著的地方看不見他的臉。會客室的門被用力摔上，整個地方也恢復安靜。

庫斯直接跑去找教區牧師邦廷。「我是不是發瘋了？」庫斯踏進邦廷的破爛小書房時突然喊道，「我看起來是不是像瘋子？」

「怎麼了？」教區牧師說，把他的鸚鵡螺化石壓在下一次佈道的零散講稿上。

「旅店那個傢伙——」

「嗯？」

「給我一杯酒吧。」庫斯說，坐了下來。

一杯廉價雪莉酒安撫了他的神經（這位好教區牧師手上只有這種酒），他開始訴說方才與陌生人的會面。

「我走進去，」他喘著說，「開口請他替護士基金捐款。我進去時他把手插在口袋裡，笨拙地坐在椅子上吸著鼻子。我對他說，我聽說他對科學事物感興趣。他說沒錯，又吸了一下鼻子。他一直這樣，顯然最近得了重感冒。難怪他全身會包成那樣！我繼續胡扯護士的事，順便觀察四周。到處都是瓶子——化學藥品。有天平，和裝在架上的試管，還有月見草的芳香。我問他願不願意捐錢？他說他會考慮。我直接問他是否在做研究，他說是。是很長的研究嗎？他暴怒，說：『沒錯，該死的超久的研究，』就像吃了炸藥一樣。我說『喔』。然後他開始發牢騷了；這人老早就在氣頭上，我的問題又激怒了他。他說他拿到一種處方，極爲寶貴的處方——但不肯說是什麼。我問是藥物嗎？『該死的！你到底想問出什麼？』我道歉。他有尊嚴地吸吸鼻子、咳咳嗽，繼續他的故事：他讀了處方，有五種原料。但他一放下處方，轉過頭，窗戶吹進來的風就剛好颳走了紙，咻一聲、沙沙作響。他是在一間有開放式壁爐的房間工作，他說瞥見一陣閃光，然後處方就燒起來飛上煙囪了。他衝過去，但灰燼已經竄進煙囪。就是這樣！就在這個時候，他爲了解釋他的故事，伸出一隻手臂。」

「然後呢？」

「他沒有手──袖子裡是空的。上帝哪！我當時心想，那是畸形！我猜他長了隻軟弱無力的手，所以把它切除了。但我馬上覺得奇怪，袖子裡要沒東西，是什麼鬼東西把袖子撐開？告訴你哪，裡面什麼也沒有，到手肘都空無一物。我能一路看到袖肘，裡面還有一絲光線從布料的破洞透進來。『老天爺！』我說。然後他停住，用那對深色護目鏡瞪著我，接著看了一下他的袖子。」

「然後呢？」

「就這樣。他一個字也沒說，只是瞪著我，然後迅速把袖子插回口袋。『我剛才講到，』他說，『處方著火燒掉了，對吧？』並發出帶疑問的咳嗽。

「『見鬼了，』我說，『你是怎麼讓空袖子那樣動的啊？』

「『空袖子？』

「『對，』我說，『空袖子。』

「『空袖子是嗎？你看到袖子是空的？』他立刻站起來。我也站了起來。他非常慢地往前走三步，站在離我好近的地方，惡毒地吸鼻子。我沒發抖，但我僵住了，因爲看著他那包著繃帶的圓腦袋和那對護目鏡，光是靜悄悄貼近你就夠可怕了。

「『你說袖子是空的?』他說。

「『確實。』我說。然後我——露出臉孔、沒戴眼鏡的我——盯著對方,沒有再開口,搔了搔腦袋。接著,他非常安靜地從大衣重新抽出袖子,把它伸向我,彷彿想再讓我看一次。他的動作非常、非常慢。我看過去,彷彿看了好久。

「『所以呢?』我說,清清喉嚨,『裡面沒有東西啊。』

「我當時心想不得不說點話,也開始感到害怕。我能一路看穿袖子。他好慢好慢地把袖子伸向我——就像這樣——直到袖口離我的臉只有十五公分。看著一隻空袖子這樣靠近你,感覺真奇怪!接著——」

「怎麼了?」

「有東西——感覺完全就像食指跟拇指——捏了我的鼻子。」

邦廷開始哈哈大笑。

「袖子裡沒東西!」庫斯說,嗓音高到像是尖叫,「你儘管笑,可是我告訴你,我那時完全嚇傻了,用力撞開他的袖口,轉身逃出房間。我抛下他——」

庫斯打住。現在的感覺錯不了,他的驚慌失措是真的。他無助地轉身,喝掉第二杯教區牧師的劣質雪莉酒。

「我打到他袖口時，」庫斯說，「我跟您說哪，感覺完全就像碰到一隻手臂。可是手臂不存在！連手臂的鬼影都沒有！」

邦廷先生思索著這件事，他狐疑地看了看庫斯先生。

「這眞是非同小可的故事。」他說。他一臉非常睿智、嚴肅的模樣。「眞的，」邦廷先生說，強調他的公正，「非同小可的故事。」

5 牧師宅邸竊案

關於牧師宅邸竊案一事，我們得到的說詞全來自牧師本人跟他太太。事情發生在白色星期一[1]凌晨，這天是易平村舉行俱樂部慶典的日子。邦廷太太在日出前的寂靜時分醒過來，意識到他們臥室的門打開又關上。她起初沒叫醒丈夫，而是先在床上坐起來聽。她清楚聽見光腳的噠、噠、噠聲從相鄰的更衣間走出來，然後穿過走廊，靠近樓梯。她一確定自己聽得沒錯，就安靜地叫醒了邦廷牧師。牧師沒點燈，他戴上眼鏡、套上浴室拖鞋和太太的睡衣，走到樓梯平台聆聽。他聽見有人在樓下的書桌翻箱倒櫃，還打了一聲劇烈的噴嚏。

於是邦廷先生回到臥室，拿了支火鉗當作武器，然後盡可能無聲地走下樓梯。邦廷太太也出來站在樓梯平台上。

1 即白色星期天隔天，這天是英國的銀行假日，直到一九六七年。

這時是四點鐘，夜色最黑的時刻已經過去。走廊裡有微弱光線，可是敞開的書房門口仍然黑得看不透。四下寂靜無聲，只有邦廷先生下樓梯時發出的細微嘎吱聲，以及書房內隱隱傳來的動靜。然後，「啪」的一聲，抽屜被打開，還有紙張窸窣聲，再來是詛咒聲，有人點燃了根火柴，書房頓時被黃光淹沒。邦廷先生已經來到走廊，他能從門縫看見書桌和打開的抽屜，桌上還有一支點燃的蠟燭，可是沒看到竊賊。他站在原地，拿不定主意；邦廷太太也悄悄下樓來到他背後，她的臉龐熱得發白。有件事令邦廷先生十分畏怯——他認定竊賊是村裡的居民。

他們聽見錢幣叮噹聲，想必竊賊一定是找到了家裡藏的金幣——總值兩鎊十先令的索維林。邦廷先生鼓起勇氣，緊握著火鉗衝進房間，邦廷太太緊跟在後。

「束手就擒！」邦廷先生凶狠地喊，但他立刻嚇傻了。房內顯然空無一人。

然而，此時此刻，他們非常肯定聽見有人在房內走動。他們大概有半分鐘只是站在那兒張口結舌，接著，邦廷太太穿過房間，看看簾子後面，邦廷先生則衝動地查看桌子底下。然後邦廷太太拉開窗簾，邦廷先生往上看看煙囪、拿著火鉗打探。邦廷太太接下來仔細檢查廢紙籃，邦廷先生掀開煤桶蓋。最後，兩人停下，站在原地用眼神詢問彼此。

「我敢發誓——」邦廷先生說。

「蠟燭！」他說，「是誰點了蠟燭？」

「抽屜！」邦廷太太說，「錢不見了！」

她匆匆跑到房門。

「發生這麼多怪事——」

走廊裡有人打了一聲噴嚏。他們衝出去，就在這時，廚房門被用力摔上。

「把蠟燭拿來。」邦廷先生說，他走在前面。兩人聽見門閂匆忙拉開的聲音。

他打開廚房門，看到後門正好打開，大清早的微弱晨光照出後頭的幽暗花園。他很肯定沒有東西穿過門出去；門打開，開了一段時間，然後突然重重關上，邦廷太太從書房拿來的蠟燭被震得搖曳閃動。他們過了一分鐘才踏進廚房。

這裡完全沒人。他們重新門好後門，徹底搜查廚房、食物儲藏室，與碗盤儲藏室，最後下去地窖。但不管他們怎麼找，屋子裡就是不見半個活人。

太陽出來了，照到牧師與他妻子身上。這對衣著古怪的小夫妻依舊在自己家裡驚嚇不已，身旁點著搖晃不定、早已不必要的蠟燭。

6 發瘋的家具

就在白色星期一大清早，霍爾先生和霍爾太太把米莉挖出來上工之前，夫妻倆一塊起床，安靜地下樓到地窖，他們有私事要辦——跟啤酒的比重有關[1]。他們走到地窖門外時，霍爾太太才想到她忘了從臥房拿一瓶沙士下來。既然她是這類事情的專家兼業主，就理所當然地由霍爾先生上樓去拿了。

在樓梯平台上，他訝異地發現陌生人的房門開著。他走進自己的房間，照太太指示找到了瓶子。

但是他拿著瓶子回去時，注意到屋子大門的鎖被轉開了，只用門閂卡著。他的腦袋靈光一現，想到這跟樓上陌生人的房間，以及泰迪·亨佛利先生暗示的事有關聯。他確定昨晚曾舉著蠟燭，讓霍爾太太把門鎖好。他停下來看了看，然後拿著瓶子走到樓上，敲敲陌生人的門，沒有回應。他又敲了幾下，接著推開門，走了進去。

正如他預料，床上、房裡都沒有人。此外，就連他的愚鈍腦袋也看得出來，更奇怪的是散落在椅子跟床邊欄杆上的東西——衣服（陌生人唯一穿過的那套），以及他身上纏著的繃帶；他那頂大大的帽子仍有條不紊地掛在床柱上。

霍爾站在那裡，聽見妻子的叫喊從地窖底下傳來，一連串音節急速升高，在質問的語氣中落下了最後幾個字。西薩塞克斯郡村民都聽得出來，這表示對方已經等得不耐煩了。

「喬治！我要的玩意你找到沒呀？」

於是他轉身，匆忙下樓。

「珍妮，」他從地窖樓梯的扶手朝下說，「亨佛利先生說的是實話！他不在我們的房間裡。而且大門的鎖被打開了。」

霍爾太太起先沒聽懂，等到她搞懂了，就打定主意要親眼看看那個空房間。霍爾先一步上去，手裡仍拿著沙士瓶。

1 釀酒人可以用比重來計算啤酒酒精含量，此處暗指旅店老闆夫婦給啤酒摻水。並且，根據下句，他們還會摻沙士來維持啤酒的麥味。

「要是他不在裡面，」他說，「就是在附近。可是他在附近幹嘛？眞是耐人尋味。」

兩人事後回想時非常肯定，他們走上地窖樓梯的時候聽見了大門打開又關上，但既然看到門是關著的、門旁也沒有人，兩人當時就沒多說什麼。霍爾太太在走廊裡穿過丈夫身邊，搶先跑上樓。

有人在樓梯上打噴嚏。

霍爾跟在太太後六步遠，他以爲是妻子打噴嚏；在前頭的霍爾太太則以爲是丈夫。她一把推開門，站在那兒打量房間。

「眞奇怪！」她說。

她聽見有人在她腦袋後面的地方吸鼻子，她轉身，驚訝地發現霍爾才剛爬完樓梯，離她還有好幾公尺遠。

他一下就趕到了她身邊。她彎腰，用手摸摸枕頭，又摸摸衣服底下。

「是冷的，」她說，「他至少一個小時前就起床了。」

就在她說這句話時，最驚人的事發生了。被單自行聚在一起，突然拉成尖狀，然後跳過了床尾欄杆，看起來就像是有隻手抓住被子掀了開來；緊接著，陌生人的帽子也自床柱躍下，在空中打轉大半圈，朝霍爾太太的臉直直衝來。然後，洗臉盆的海綿飛了過來；椅子開始將外套和長褲甩到一旁，自己轉了個四腳朝天，還伴隨一聲驚似陌生人的冷笑，它似乎花了點時間瞄準霍爾太太，然後就朝她衝去。霍爾太太尖叫轉身，椅子腳輕輕地、但是堅定地頂著她的背，把她跟霍爾推出房間。房門被狠狠摔上，鎖住。椅子和床似乎跳了好一陣子的勝利之舞，接著，瞬間歸於靜止。

霍爾太太倒在霍爾先生懷裡，差點昏死過去。霍爾太太的尖叫聲弄醒了米莉，她和霍爾先生花了好大一番力氣才把霍爾太太扛下樓，並給她喝了幾口沙士幫助清醒。

「那是鬼魂，」霍爾太太說，「我知道。我在報上讀過，桌椅跳起來亂飛……」

「再喝一點，珍妮，」霍爾說，「讓你冷靜下來。」

「鎖住他的門，」霍爾太太說，「別再讓他出來。我早就懷疑了——說不定早就知道了。他那雙護目鏡跟包著繃帶的腦袋哪，而且星期天從來不上教堂。還有那麼多瓶子——正常人不可能有那麼多[2]。他讓鬼魂附身在家具上……我那珍貴的老家具！我小時候，親愛的

2 霍爾太太在這裡用了雙關語。鬼魂（spirit）字面也指酒；既然酒能裝在酒瓶裡，鬼魂大概也可以（難怪陌生人有這麼多瓶子）。

可憐母親就坐在那張椅子上呢。沒想到它現在居然挺身反抗我！」

「再喝一點就好，珍妮，」霍爾說，「你太心煩意亂了。」

他們派米莉出去，穿過早上五點的金黃色晨光到對街叫醒鐵匠山帝．威哲斯。

「霍爾先生向您致意，樓上的家具正在作怪。威哲斯先生願意過來一趟嗎？」

威哲斯先生是個有學識的人，而且足智多謀。他聽了之後相當嚴肅地看待這件事。

「我敢打賭這是巫術，」他如此表示，「你得用馬蹄鐵[3]來對付他這種人。」

威哲斯先生憂心忡忡地來訪。他們要他帶頭去樓上的房間，但他似乎完全不急；他想先在走廊裡談一下。這時，對街雜貨店赫斯特的學徒剛好出來，正要把菸草櫥窗的窗板打開，於是他被叫過來加入討論。想當然爾，赫斯特先生幾分鐘後也跟來了。這下子，盎格魯撒克遜人的國會政府精神便一覽無遺，浪費一大堆口舌，毫無果斷作爲[4]。

「我們先來整理事實，」山帝．威哲斯先生堅持，「好確定我們能有一個完全正當的理由破門而入。沒被撞破的門永遠撞得破，可是一旦撞破就回不去了哪。」

突然，樓上的房門不可思議地自動打開了，眾人驚訝地抬頭看，他們看見陌生人全身包緊緊的身影正走下樓，那副瞪著他們的、奇大無比的藍目鏡比起從前更加黑暗、空洞。他走得很慢，身子僵硬，目不轉睛地盯著；他穿過走廊，目光仍在，然後止步。

「看！」他說。他們的視線也隨著他戴手套的手指而去，目睹一瓶沙士重重摔到地窖門邊。然後，陌生人踏進了會客室，門也當著他們的面，狠狠摔上。

現場沒人吭聲，直到最後一絲的摔門餘音散去。他們面面相覷。

「好啊，這下什麼問題都搞定了吧！」威哲斯先生說，沒把弦外之音講出來。

「換做我就會去問他，」他對霍爾先生說，「要他給個解釋。」

女房東的丈夫花了點時間才鼓起勇氣。最後他敲門，開門，甚至開口說「對不起——」

「滾，下地獄去！」陌生人大聲地說，「把門給我關上。」於是這場短短的會面宣告落幕。

3 過去，鐵被認為能抵擋鬼魂、惡靈等超自然生物，因此在英國、丹麥、立陶宛、愛沙尼亞等地，馬蹄鐵會被當成幸運符掛在門上。

4 威爾斯在這裡諷刺英國政府決策不力。威爾斯自稱學生時期起就是社會主義者，曾加入費邊社（強調互助互愛的社會建設），痛恨美國的腐敗民主體制，並在一九二〇年代以工黨候選人身分參選過國會議員。

7 陌生人揭曉眞面目

陌生人在早上大約五點半踏進「馬車與駿馬」的小會客室，拉下窗簾、關著門在那兒待到將近中午。霍爾吃了閉門羹之後，就沒人敢靠近陌生人了。

他這整段時間想必都沒進食。他按了三次鈴，最後一次甚至怒氣沖沖按個不停，可是沒人理他。

「是啊，他跟他的『下地獄去』，就讓他等吧！」霍爾太太說。這時傳來了一些關於牧師宅邸竊案的流言，這兩件事不知怎地連在了一塊。霍爾在威哲斯協助下，去找地方治安法官夏克佛，聽聽對方有何建議。沒人敢冒險上樓，也沒人知道陌生人在房裡忙些什麼。他不時就會大聲踱步，還兩度出口咒罵、撕爛紙張、用力砸碎瓶子。

聚在門外又怕又好奇的人越來越多。赫斯特太太也來了；然後一些興高采烈、打扮華麗、穿著黑色成衣外套和戴著仿針織紙領帶的年輕人（畢竟這天是白色星期一）紛紛加入，不明就裡地發問。年輕的亞奇·哈克想要出鋒頭，便踏進院子，試著從窗簾底下偷看；他明明啥也沒看見，卻謊稱看到了，於是易平村其他年輕人立刻湊到他身邊。

今年的白色星期一已經弄得盡善盡美，村裡大街上擺了十幾個攤位，還有個打靶場；打鐵舖旁的草地停了三輛黃色、咖啡色的馬車，幾位打扮別緻的陌生男女在遊戲攤玩著擲球打椰子。紳士們身穿藍色毛衣，女士們則穿白圍裙，頭上戴著綴有沉重羽飾的時尚帽子。「紫色小鹿」的沃傑，和補鞋匠賈格斯先生（他也兼賣二手腳踏車）正在路上拉起一列英國國旗與皇家軍旗，這些旗原本是用來慶祝維多利亞女王在位五十週年[1]的。

至於，在會客室那片不自然的漆黑裡，這個只有一絲細細陽光滲入的空間裡，陌生人（我們認爲他一定很餓了，而且擔心受怕地藏在那身熱得難耐的層層包裹底下）用那副深色目鏡凝視著他的紙張，或者把他的骯髒小瓶子敲得叮噹響，偶爾還粗俗地咒罵窗外那些只聞其聲、不見其人的男孩。壁爐角落躺著好幾個碎瓶子，空氣中帶有一股辛辣味。我們在這裡所知的一切，都是人們聽到、以及稍後在他房裡看見的。

1 即一八八七年。

接近中午時，陌生人突然打開房門，目不轉睛瞪著酒吧裡的三、四個人。「霍爾太太！」他說。某人聽話地去叫霍爾太太過來。

霍爾太太一會兒後出現，有點喘不過氣，但好鬥程度不減反增。霍爾還沒回來，她事先就料到會有這種局面，所以端著一個小托盤，上面放著未結清的帳單。

「您是要拿帳單嗎，先生？」她說。

「我的早餐爲什麼沒端出來？你幹嘛不準備我的餐點，也不回應我按鈴？你覺得我不吃東西活得下去嗎？」

「你爲何不付清我的帳單？」霍爾太太說，「我倒想知道這個。」

「我三天前跟你說了，我在等一筆匯款——」

「我兩天前跟你說我不想等匯款了。既然我的帳單已經遲了五天沒繳清，你的早餐遲一下也沒啥好抱怨的吧？」

陌生人短短咒罵了一聲。

「難聽，眞難聽！」吧檯那邊有人說。

「先生，如果您願意把咒罵留到私下場合，我也會很感激。」霍爾太太說。

陌生人站在那兒，頭比以往更像個憤怒的潛水頭盔。酒吧裡的人一致同意，霍爾太太鬥贏了對方。他接下來的話也佐證了這點。

「聽著，這位好太太——」他開口。

「少叫我『好太太』。」霍爾太太說。

「我已經跟你說了，我的匯款還沒來。」

「喔，眞有匯款是吧！」霍爾太太說。

「不過，我敢說我口袋裡還有——」

「你三天前跟我說，你身上只剩一枚銀幣。」

「嗯，我找到了更多錢——」

「喔！」酒吧的人說。

「不曉得你是從哪邊找到的。」霍爾太太說。

這句話似乎深深惹怒了陌生人。他跺腳。「你什麼意思？」他說。

「我很好奇你是在哪邊找到錢的，」霍爾太太說，「而且在我收帳或端出早餐之前，在我做這些事之前，你得回答我一兩件事。我實在搞不懂，大家都搞不懂，我們也急著想弄懂。我要知道你對我樓上的椅子動了什麼手腳，還有你的房間明明空著，你是怎麼跑回去的。這間旅店的人都是走大門進來——這就是這間屋子的規矩，你卻沒有這樣。我想知道你是如何進來的。我也要知道——」

陌生人突然舉起他戴著手套的拳頭，跺腳喊了一聲：「住口！」其力道之猛，立刻令霍爾太太閉嘴。

「你不懂，」他說，「我是誰，也不懂我是怎樣的人。我就讓你瞧瞧。蒼天在上！我會讓你看個夠。」他把手伸到臉上，抽出某樣東西，臉龐中央變出了一個黑壓壓的小洞。

「看。」他說，走上前把那東西交給霍爾太太。她正盯著那張變形的臉，下意識就收下了。然後，她發現手上拿的是什麼，她大聲尖叫，把它丟下，腳步也站不穩了。是鼻子——陌生人的鼻子！粉紅發亮的鼻子，在地上滾動。

接著，陌生人摘下目鏡，吧檯眾人都倒抽了一口氣。他脫下帽子，猛力扯下他的絡腮鬍跟繃帶。眾人屏息以待，整個吧檯掃過一股恐怖的期待感。「喔，老天爺啊！」某個人說。驚人的事降臨了。

這比他們看過的任何事都可怕。目瞪口呆、驚恐不已的霍爾太太被眼前景象弄得尖叫，拔腿就往大門衝去。大家都倉皇逃命。他們本來做好了心理準備，預期會看見傷疤、毀容，或是任何顯而易見的恐怖殘缺，但是，什麼都沒有！他們什麼也沒看見！繃帶跟假鬍子朝著吧檯飛來，人們笨手笨腳跳起來想要避開。每個人都往樓梯擠，彼此踩踏。陌生人站在那兒吼著語無倫次的解釋，前一刻還在比手畫腳、大衣領子之上都還有實體的人形，下一刻就化成空氣，不見半點蹤影！

村裡的人聽到喊叫跟尖叫，順著街道抬頭望去，發現「馬車與駿馬」一口氣倒出屋內的人。他們看見霍爾太太摔個狗吃屎，泰迪·亨佛利先生爲了不壓到她而跳起來；然後他們又聽到米莉驚慌尖叫，她是聽見了喧譁聲後跑出廚房，結果從背後撞見了無頭陌生人。這些都是一瞬間的事。

所有人立刻跑到街上，甜食小販、打椰子遊戲的攤販跟他的助手、鞦韆攤販、小男孩小女孩、鄉下時髦公子哥兒、腦筋聰明的村姑、身穿罩衫的老人，還有穿圍裙的吉普賽女郎——他們紛紛湧向旅店。在這不可思議的短暫時間裡，霍爾太太的旅店前就聚集了四十個人左右，而且還在急速增加。他們站在那裡搖擺、高呼、發問、喊叫、議論。人人都搶著發言，結果就像巴別塔一樣毫無定論[2]。一小群人扶起虛脫的霍爾太太；還有人開起會議，目擊證人大聲嚷著不可置信的證詞。

「喔，見鬼！」

「他到底在房間裡幹嘛？」

「他沒傷害那女孩子吧？」

「我認為是他拿著刀在追他們啦。」

「才不呢，我告訴你。我無意冒犯，可是他沒長腦袋！」

「胡說！那是巫術作祟。」

「他真的把他的繃帶拆下來——」

人人都奮力地想越過敞開的門往裡頭看，人群構成了一道凌亂的楔形，前端的人最大膽，離旅店最近。

「他本來站著，我聽見女孩尖叫，他轉過身。我瞧見她裙襬飛起來，他也追過去，前後不到十秒。他出來時手裡拿著一把刀跟一條麵包，站在那兒好像在瞪我。這是剛才的事。我告訴你們，他往那道門走了，而且完全沒長腦袋。你們就這麼剛好錯過——」

這時後面傳來騷動，說話的人便停下來站到旁邊讓一小群人通過。這群人非常堅決地走向屋子，最前頭是氣得滿臉通紅、意志堅定的霍爾先生，接著是村子的警員巴比・賈佛斯先生，最後是小心翼翼的威哲斯先生。他們帶著武器跟逮捕令。

人們對剛才的事件喊著矛盾不一的資訊。

「管他有沒有腦袋，」賈佛斯說，「我都要逮捕他，我絕對會這麼做。」

霍爾先生走上樓梯，直直走向會客室的門，一把拉開。

「警員，」他說，「履行你的職責吧。」

賈佛斯大步走進去，然後是霍爾，最後是威哲斯。他們在微光中看見那個無頭人影面對他們，他還戴著手套，一隻手拿著啃過的麵包皮，另一手抓著一塊起司。

「就是他！」霍爾說。

「這是搞什麼？」那人領子上方的空氣說，語氣是憤怒的抗議。

2在《創世紀》第十一章中，大洪水後的人類試圖在示拿（美索不達米亞地區）打造一座通天高塔，上帝打亂他們的共通語言，使他們無法溝通，並把他們分散到世界各地，巴別塔的建造也就無疾而終。

「先生，你是個該死的怪顧客，」賈佛斯先生說，「不管你有沒有長腦袋，逮捕令說的不是帶走『人頭』，而是『人』，所以我準備聽令行事——」

「滾開！」那人說，退了幾步。

他突然用力扔下麵包和起司，霍爾先生及時抓起桌上的刀，免得被對方搶去。陌生人脫下左手套，打了賈佛斯一記耳光；下一刻，賈佛斯——他還在說逮捕令的事，被迫中斷——就抓住那隻缺了手掌的手腕，並掐住對方看不見的喉嚨。陌生人往他的小腿結實地踢了一腳，他痛得叫出來，但沒有放手。霍爾把刀滑過桌子，推向威哲斯——他則是扮演守門員——然後一個箭步靠上前去；賈佛斯跟陌生人正在扭打，他們踉蹌地倒向霍爾，最後撞在一塊。旁邊正好有張椅子，在他們倒地時碰一聲撞開了。

「抓他的腳！」賈佛斯咬牙說。

霍爾先生勇敢地服從指令，結果肋骨遭踹，被暫時打退。威哲斯先生見無頭陌生人翻身爬到賈佛斯身上，便拿著手上的刀往門口撤退，卻撞上趕來搭救的赫斯特先生與錫德橋的馬車伕。同一瞬間，收納櫃上掉了三四個瓶子下來，房裡空氣頓時噴出一股辛辣氣息。

「我投降！」雖然陌生人已經壓制住了賈佛斯，卻大喊著。他站起來喘氣，這詭異的人影，既沒頭，也沒手——他已經脫下左右手的手套。

「再打下去也沒用。」他說，喘氣彷彿嗚咽。

這眞是全天下最奇怪的事，聽見聲音從空空如也的地方傳出來，但薩塞克斯郡的農民或許是這世上最務實的人了。賈佛斯也站起身，掏出一副手銬，瞪著陌生人。

「呀！」賈佛斯說，這才遲鈍地想到這整件事有多麼不搭調，「該死！沒有地方可以上手銬。」

陌生人舉起手順著大衣摸，然後他空蕩蕩的袖口就奇蹟般自動解開了。他說了小腿之類的東西，又跺跺腳，似乎是在摸索他的鞋子跟襪子。

「天哪！」赫斯特突然說，「根本沒有人嘛，只有空衣服。看！你們可以從他的領子跟衣服看到裡面。我可以把手伸進去——」

他伸長手，卻似乎在半空中碰到了什麼東西，他驚叫一聲縮回來。

「希望你別亂抓我的眼睛，」空氣中的嗓音說，帶著粗俗的抗議口氣，「事實上，我整個人都在——頭、手、腳，還有其餘所有部位，只不過我是隱形的。這眞是該死的討人厭，但我無能爲力。但我也沒理由要被易平村的一個個蠢鄉巴佬戳成蜂窩，你說是吧？」

這套衣物，此刻已經完全解開釦子，並鬆垮地掛在一個看不到的支架上，他雙手叉腰。好幾個村民也進來房間，所以擠得要命。「隱形了？」赫斯特說，沒理會陌生人的侮辱，「誰聽過這種事？」

「這也許很奇怪沒錯，可是又不是犯罪。爲何警察要這樣攻擊我？」

「啊！這是另一件事，」賈佛斯說，「你在這麼暗的地方想必看不清楚，可是我有逮捕令，而且一切合法。我要抓你的理由並非隱形——而是竊盜。有間屋子遭人闖入，錢被偷了。」

「所以呢？」

「當前狀況清楚顯示——」

「胡說八道！」隱形人說。

「我也希望是這樣，先生，但我收到了指示。」

「好吧，」陌生人說，「我跟你走，我自願。但別上手銬。」

「這是規定。」賈佛斯說。

「我不要上手銬。」陌生人要求。

「恕難從命。」賈佛斯說。

人影突然坐下，在大家都還沒意識到發生什麼之前，鞋子、襪子和長褲就被踢到桌子底下，然後他跳了起來，扔開大衣。

「喂，住手。」賈佛斯說，突然明白了他想幹嘛。他抓住背心，背心抗拒了一下，然後襯衫就從裡面滑了出來，賈佛斯手裡只剩下鬆垮垮的背心。

「抓住他！」賈佛斯大聲說，「他一旦脫掉衣服——」

「抓住他！」眾人喊，並撲向那件飄動的白襯衫，這是此刻陌生人身上唯一看得見的部分。

霍爾張開雙手靠過去，他的臉被襯衫袖子狠狠打了一拳，身子還撞上年邁的教堂司事圖桑；接著，那套衣服往上舉了起來，袖子抽動一下，變得空蕩蕩，看起來就好像襯衫被拉過一個人的頭上。賈佛斯伸手一抓，反而幫陌生人把衣服脫了下來；他的嘴憑空挨上一記，警棍不小心飛了出去，狠狠打中泰迪．亨佛利的頭。

「小心！」眾人喊，並胡亂地四處揮拳，但什麼也沒打到。「抓住他！關上門！別讓他跑了！我摸到東西！他在這裡！」他們七嘴八舌大喊，完全就是座巴別塔。看來每個人都挨了揍。正如一向睿智、腦筋也因鼻子遭痛打一拳而更加敏銳的威哲思，重新打開房門率先逃了出去。其他人下意識跟上，卻一時卡在門邊，繼續挨打。一位論教派[3]的菲普斯遭打斷一顆門牙，亨佛利的耳朵軟骨受傷；賈佛斯則是下巴中招，然後他一轉身，發現自己和赫斯特之間有個東西，擋著他無法前進，他摸到長著肌肉的胸膛；一片混亂，這群激動的男性對著擁擠的走廊不斷吼叫。

「我抓到他了！」賈佛斯大喊，在人群中他掐著這位看不見的敵人，臉脹成了紫色，還爆出青筋。

人們左右踉蹌，眼看這場驚人的大戰朝著屋子大門而去，然後滾下了旅店台階。賈佛斯仍緊抓不放，試著用膝蓋攻擊對手，他悶悶地慘叫了一聲，身子轉了一圈，重重倒下，一頭栽進路面碎石。他的手這時才鬆開。

有人激動喊著「抓住他！」、「隱形人！」這類的話。一位年輕人——身在現場卻無人認識的陌生人——立刻衝過來，抓到什麼東西又鬆開了，結果他被倒在地上的警員身體給絆倒。對街路上有個女人尖叫，有個東西碰到了她；有條狗顯然被踹了一腳，哀號著逃進赫斯特的院子。隱形人成功脫逃，人們嚇傻在那兒好一陣子，連話都說不出來，只能猛打手勢。

接著，一片驚慌失措，人們一哄而散，宛如被強風吹散的枯葉。

但在旅店樓梯下，賈佛斯依舊躺著不動，臉朝天，彎著膝蓋。

3 一位論教派（unitarianism）：基督教派別的一支，否定三位一體論（聖父、聖子、聖靈），強調上帝只有一個。

8 旅途中

本書第八章奇短無比，跟這一帶的業餘博物學家吉邦斯有關。他躺在空曠的山坡，自認爲方圓幾公里之內都沒有其他人，他幾乎要打起瞌睡，卻聽見附近有個男人咳嗽、打噴嚏，還粗俗地咒罵自己。他環顧四周，什麼也沒看見。可是那聲音錯不了，咒罵持續，字彙廣泛多變，聽得出來是有教養人士的口吻。聲音漸強，直到頂點，後又再度轉弱，並消失在遠方，似乎是朝著亞德丁市的方向去了。聲音最後以一陣劇烈噴嚏收尾。吉邦斯還沒聽說今早發生的事件，不過這現象實在太驚人、太令人不安了，他的哲思冥想已經蕩然無存。他趕緊爬起來，急忙跑下陡峭山丘，前往村子。

9 湯瑪斯·馬佛先生

說到湯瑪斯·馬佛先生，你可以想像他有一張表情多變的臉龐，鼻子像根圓柱凸了出來，嗜吃的大嘴巴擺動不定，還有一把直豎的怪鬍子。他的體態豐滿，短短的手腳讓這種印象更爲強烈。他戴著一頂毛茸茸的絲質帽，衣服上的鈕釦掉了就拿麻線或鞋帶來隨便綁，顯示這人基本上是個單身漢。

在山丘的另一邊，離易平村約兩公里半的地方，馬佛先生正坐在往亞德丁市的路邊，雙腳掛在水溝裡。他的腳上只套了雙到處破洞的襪子，腳趾又寬又大，並像警戒中的狗兒一樣豎起來。他正悠閒地考慮要不要試穿一雙靴子——他做什麼都很悠閒，這雙鞋是他久久以來所找到最好的，可是對他來說太大了。他那雙最合腳的鞋在乾燥天氣裡穿起來很舒服，但鞋底太薄，擋不住滲水。馬佛先生討厭過大的鞋子，也討厭潮溼；他從沒想過自己比較討厭哪個。反正今天天氣好，而且沒別的事做，於是他把四隻靴子優雅地擺在草地上欣賞。他看著草堆上的這些靴子，突然發覺這兩雙鞋都醜得要命；這時他背後響起一個聲音，但完全沒嚇到他。

「反正只是靴子嘛。」聲音說。

「這些是——救濟鞋，」馬佛先生說，不高興地歪著頭打量靴子，「在這天殺的宇宙裡，究竟是哪一雙比較醜，我該死的才不曉得呢！」

「嗯。」聲音說。

「我穿過更爛的——其實，我以前根本沒鞋子穿。但是也沒醜成這樣——假如您有聽懂我的意思。我特地乞討靴子，已經討了好多天。因爲我受夠這兩雙鞋了，它們當然挺好的，可是一個流浪的紳士看到這麼驚人的靴子還是會難受。而且，要是您相信我啊，我在這天殺的鄉間啥也找不到，就只找到它們。您看看這些靴子！對這個鄉下來說，這靴子夠好了。但這只是我的狗屎運罷了。我十幾年前就在這鄉下找靴子了，結果它們卻反過來這樣對我。」

「這塊鄉間是個怪物，」嗓音說，「人們則是畜牲。」

「可不是？」湯瑪斯．馬佛先生說，「老天爺！但它們只是靴子啊！不能這樣說吧。」

他轉過頭往右看，想比較一下說話的人穿什麼鞋。嚇！這個人理應要站的位置，既沒有鞋子，連腳也沒看見。一股驚訝感萌生，令他惱怒。

「你在哪裡？」馬佛先生回頭說，一邊爬起來。他只看見一塊空蕩的山坡地，遠方冒出綠葉的金雀花叢，正隨風搖擺。

「我喝醉了？」馬佛先生說，「我有幻覺嗎？我在自言自語？這是怎麼——」

「別緊張。」嗓音說。

「少對我表演腹語術，」馬佛先生說，猛地站起來，「你在哪？這下我真的緊張了！」

「別緊張。」嗓音重複。

「換做你馬上就會緊張的，笨蛋，」馬佛先生說，「你在哪？讓我確定你人在哪……

「你是不是被埋在地底啦？」馬佛過了一會兒後說。

沒人回應。湯瑪斯．馬佛先生沒穿靴子站在那兒，甚是驚訝，大衣也沒穿好。

「嗶咿！」一隻田鳧在很遠的地方叫道。

「沒錯，嗶咿！」馬佛先生說，「現在可不是耍人的時候。」山丘的四面八方都杳無人煙；至於這條路，則是平順、空蕩蕩地朝南、北方延伸。天上除了那隻田鳧以外啥也沒有。

「幫個忙吧，」湯瑪斯．馬佛說，一邊把大衣拖回肩膀上，「一定是酒搞的鬼！我早該想到。」

「不是酒，」嗓音說，「你神智清楚得很。」

「喔！」馬佛先生說，斑駁的臉龐變得慘白。「真的是酒在作祟！」他的嘴唇無聲重複著，繼續打量四周，邊轉身邊慢慢後退。「我敢發誓我有聽到人說話。」

「當然了。」

「又出現了。」馬佛先生說，閉上了眼睛，用手按著眉頭，看起來活像是個悲劇演員。突然，有個東西抓住他的領子猛力搖晃，他的腦袋暈得更厲害了。

「別傻了！」嗓音說。

「我——徹底——發瘋了，」馬佛先生說，「沒用的。我腦袋裡的聲音在對該死的靴子發愁。我徹底發瘋了。喔，酒精哪。」

「這兩個原因都不對，」嗓音說，「你給我聽好！」

「我瘋了。」馬佛先生說。

「閉嘴一分鐘聽我說話。」嗓音刺耳、顫抖地說，竭力控制脾氣。

「怎樣？」馬佛先生說，他有種奇怪的感覺，彷彿有根手指在戳他胸膛。

「你以為我只是你的想像？是你的幻想？」

「不然你會是什麼？」馬佛先生說，揉揉頸背。

「很好，」嗓音說，語帶寬慰，「那麼我就對你丟石頭，直到你改變主意為止。」

「可是你到底在哪呀？」

嗓音沒回答。一顆石子咻一聲憑空飛來，差點就砸中了馬佛先生的肩膀。他轉身，瞧見一枚石子甩入空中，沿著複雜的軌跡擺動，並懸了一會兒，接著以快到看不見的高速扔到他腳邊。他驚呆了，沒有閃躲。石子咻地飛來，打到他的光腳趾，彈進了水溝。馬佛先生跳了三十公分那麼高，大聲嚷叫，然後他拔腿逃跑，卻被沒看見的障礙物絆倒，往前滾了一圈，跌坐在地。

「這下，」嗓音說，第三顆石頭畫著弧線往上飛，懸在這位流浪漢頭上，「我還是幻覺嗎？」

馬佛先生奮力地站起來，卻又馬上翻倒在地。他靜靜躺了一會兒。

「你再掙扎，」嗓音說，「我就用石子砸你的頭。」

「好吧。」馬佛先生一邊說，一邊坐起來，手捧著他受傷的腳趾，並緊緊盯著第三枚石頭。「我不懂。石頭自己扔出來，還會講話。你們自己下來吧，去死吧。我受夠了。」

第三顆石子放下來。

「簡單得很，」嗓音說，「你看不見我。」

「這我早就知道了，」馬佛先生說，疼得喘氣，「我就是不懂你躲在哪裡——還有是怎麼做的。我被難倒了。」

「原因就只是如此，」嗓音說，「我隱形了。我希望你能懂這點。」

「誰都看得出來。可是你沒必要這麼不耐煩吧，先生。好啦，請您開導我一下。你是怎麼藏起來的？」

「我隱形了。這就是重點。我希望你能搞懂——」

「可是你在哪裡？」馬佛先生打岔。

「這裡啊！你面前五公尺遠的地方！」

「喔，得了吧！我可沒瞎。你接下來就會跟我說你只是稀薄空氣罷了。我才不是你以爲的蠢流浪漢——」

「沒錯——我就是稀薄空氣。你正在看穿我的身體。」

「啥！無稽之」……那句話是怎麼講的？胡說八道？是這麼說的對吧？」

「我是區區凡人——實實在在的人類，需要吃喝，也需要衣服——可是我隱形了。懂嗎？隱形，簡單好懂的概念。隱形。」

「什麼，真的隱形？」

「真的。」

「要是你是真的，」馬佛說，「那就跟我握個手。這樣就不會那麼奇怪了——老天爺！」他說，「你這樣抓住我，害我嚇一大跳！」

他感覺到有隻手抓住了他的手腕和空著的手指，然後，他的手指戰戰兢兢地順著手臂往上摸，拍到了胸肌，接著又摸到一張長鬍子的臉。馬佛震驚不已。

「見鬼！」他說，「比鬥雞還神奇！太驚人了——我該死的可以看穿你，從一公里外都行！你身上每一寸都看不見——只除了——」

1 馬佛本來想說拉丁文「vōx et praetereā nihil」，意思即為「只有聲音，沒有別的」，指胡說、譁眾取寵、不合理。但他只記得開頭兩個詞。

他端詳著那塊顯然空無一物的空間。「你之前該不是吃了麵包和起司吧？」他抓著那隻隱形手問。

「說對了。還沒完全消化呢。」

「啊哈！」馬佛先生說，「不過有點可怕。」

「當然。這一切根本沒你想的那麼棒。」

「就我的卑微需要來說，這已經夠棒了，」馬佛先生說，「你怎麼做到的？你怎麼隱形的？」

「說來話長。何況——」

「告訴你哪，這整件事完全讓我想不透。」馬佛先生說。

「目前我想說的是，我需要人幫忙。這就是我來的目的——這就是我爲什麼突然找上你。我四處遊蕩，氣得發狂又無能爲力。我大可動手殺人，然後我看到你——」

「老天爺！」馬佛先生說。

「我走到你背後，遲疑了片刻，又走開——」

馬佛先生的表情完全說明了他此刻的心情。

「然後我停下來。『看，』我對自己說，『這人跟我一樣是社會的放逐者。這就是我要找的人。』所以我轉回來找你——就是你。然後——」

「老天爺！」馬佛先生說，「可是我太震驚了！請容我問——這是什麼感覺？還有你希望我幫上什麼忙？——一個人居然隱形！」

「我要你幫我弄些衣服，還有找個能躲藏的屋子。之後我會需要其他東西，我丟下它們太久了。但要是你不願意——好吧！可是你會願意——你必須答應。」

「聽好，」馬佛先生說，「我實在驚呆了，別再虐待我了，放我走吧。我得穩穩我的神智，何況你差點打斷我的腳趾。這一切太不合理了。空蕩蕩的山丘跟天空，方圓幾公里內除了大自然的懷抱外，啥也看不到。然後有個嗓音憑空冒出，彷彿自天國降臨！還有石頭飛出來！還有一拳——老天爺！」

「給我冷靜點，」嗓音說，「因爲你得完成我挑上你做的差事。」

馬佛先生鼓起臉頰，眼睛瞪得老大。

「我已經選了你，」嗓音說，「除了那幫蠢蛋以外，你是唯一一個曉得這世上有隱形人的人。你必須當我的幫手。幫我，我就會賞你可觀的回報。隱形的人可是握有權力的人。」

他停頓片刻，打了一個大噴嚏。

「但若你背叛我，」他繼續說，「若你沒照我的吩咐去做——」他停下來，俐落地輕拍馬佛先生的肩膀。這一碰讓馬佛嚇得喊叫。

「我不想背叛您，」馬佛先生說，躲開手指的方向，「不管您做什麼，都別這麼想。我只想幫您——只要跟我說我該做什麼就好。（老天爺啊！）不管您需要什麼，我都使命必達。」

10 馬佛先生造訪易平村

第一場的恐慌浪潮消退之後，易平村就陷入一片爭論。懷疑論突然抬頭——這種懷疑心態不太胸有成竹，頗爲緊張兮兮，但總歸是懷疑。拒絕相信有隱形人，的確是輕鬆多了；至於那些親眼看著陌生人憑空消失，或體驗過他手臂力氣的傢伙，人數用兩隻手就數得完，不足以影響輿論。這些證人當中，威哲斯乾脆搞起失蹤，一動也不動地躲在自家門閂後面；賈佛斯則是不省人事，躺在「馬車與駿馬」會客室裡。

那些遠大、陌生、超乎經驗的思想，對男男女女的影響通常遜於更渺小、更有形的考量。易平村插滿鮮豔彩旗，人人身穿節慶服裝，人們一個多月以前就開始期盼白色星期一到來。到了下午，就連原本相信隱形人的人也小心翼翼地回去享受他們的渺小娛樂，暗自假定他已經跑遠了，並懷疑他只不過是個玩笑。不管人們是懷疑，還是相信，他們這一整天都忙著交際。

海斯曼的草地立起一座快活的帳篷，邦廷太太和其他女士在這兒煮茶；星期天學校的孩子在助理牧師、庫斯小姐和英國古長號吵雜聲的引導下，在帳棚外賽跑、玩遊戲。毫無疑問，空氣中微微瀰漫一股憂慮，但人們大多時候都記得掩飾他們所經歷的、純屬幻想的那份不安。

村莊綠地上斜斜掛著一條粗繩，人們可以抓著一只滑輪把手溜下去，一路滑到末端的沙袋。除了滑輪溜索以外，邋鞦韆和打椰子遊戲也很受青少年喜愛。當然還有廣場舞會，一台裝在小型旋轉木馬上的蒸氣風琴，不斷對著空氣噴出強烈的音樂，以及同樣辛辣的油。今早上過教堂的俱樂部會員們，紛紛戴上粉色與綠色徽章，模樣耀眼，有些比較快活的人還在圓頂帽上裝飾了鮮豔的緞帶。至於老佛萊契，這人相當看重節日，所以當你越過他窗戶的茉莉花或敞開的門口看去，就會發現（取決於你從哪裡看）他故作姿態地站在一片用椅子架著的木板上，正抬頭把前廳的天花板漆白。

大約下午四點鐘，有個陌生人從山丘那裡來到村子。這人身形矮胖，戴著破破爛爛的高帽，看起來上氣不接下氣，臉頰一會兒鬆弛一會兒繃緊。他斑駁的臉龐憂心忡忡，不太情願地匆匆向前。他繞過教堂角落，走向「馬車與駿馬」。事後，許多人都記得當時有看見他，包括老佛萊契在內，這位陌生人詭異的焦慮不安在這位老紳士心中留下了深刻印象；害得他打量對方時，不慎讓一些白漆流下刷子，沾到了外套袖子上。

在打椰子遊戲攤的店主眼裡，這位陌生人似乎在自言自語——赫斯特先生也做出相同評論。這人停在「馬車與駿馬」台階底端，根據赫斯特先生的描述，這人顯然內心掙扎了好一番，才有勇氣踏進屋子。最後，他走上台階，赫斯特先生也看見他左轉打開會客室的門。赫斯特先生聽見斥責這人的聲音從房間跟酒吧傳來。「那是私人房間！」霍爾說。這人笨拙地關上門，轉而踏進酒吧。

幾分鐘後他重新現身，他用手背抹抹嘴，露出一副寧靜的滿足神情，赫斯特先生對此印象深刻，站在那兒看著這人好一陣子。赫斯特先生看見他鬼鬼祟祟地走向院子柵門——會客室窗戶正是對著院子。這人猶豫了一會兒，便靠在一根門柱上，掏出一根短短的陶製菸斗，裝菸的手不斷發抖。他笨拙地點火，雙手交叉著，開始無精打采地抽菸，似乎想掩飾他偶爾瞥看院子的眼神。

這一切景象，赫斯特都是越過菸草櫥窗的罐子看見的。這人的古怪行徑使他繼續看下去。

這人突然站起來，把菸斗收進口袋，就走進院子裡不見了。赫斯特先生認定他目睹了一樁小竊案，於是立刻跳過櫃檯，跑到路上想攔截小偷。他跑出來時，馬佛先生也剛好從院子冒出來，頭上帽子歪了，一隻手抓著一件藍色桌巾包起來的大包裹，另一手則提著三本綁在一起的書——事後證明，書是用教區牧師的吊褲帶綁上的。他也瞧見了赫斯特，倒抽一口氣，猛地往左轉，拔腿就跑。

「站住，你這個賊！」赫斯特大喊，追了過去。這段體驗雖然短暫，但記憶猶新；赫斯特見這人就在前頭，正奔向教堂轉角跟山丘道路。再過去就是旗幟與慶典，一兩個人轉頭看向他。他再次大吼：「站住！」可是他還跨不到十步，小腿就莫名其妙被東西絆倒，整個人飛了出去，速度快得驚人。他看見地面突然貼到臉前，全世界似乎爆出百萬顆打轉的金星。接下來的事他就不在意了。

11 「馬車與駿馬」旅店

現在，為了搞懂旅店內究竟發生什麼事，我們得把時間拉回馬佛先生剛經過赫斯特先生櫥窗的那一刻。

就在那個時候，庫斯先生和邦廷先生在會客室裡，認真調查早上發生的怪事；他們獲得霍爾先生許可，正詳細檢查隱形人的財物。被打昏的賈佛斯醒轉過來，昏昏沉沉地回家讓他的友人照顧了。隱形人四散一地的衣物已被霍爾太太拿走，房間也打掃乾淨。就在隱形人工作的那張窗邊桌子底下，庫斯幾乎是馬上就找到三本厚厚的手稿，上面標著「日誌」。

「日誌！」庫斯說，把三本書放到桌上。

「這下我們無論如何都能挖出一些內幕了。」教區牧師說，把手按在桌上。

「日誌，」庫斯重複，坐了下來，先打開了最上面那一冊。「嗯……扉頁沒寫名字。見鬼！裡頭寫滿了密碼，還有算數。」

教區牧師靠過來，越過醫生肩頭看了一眼。

庫斯翻著書頁，突然露出失望的表情。「我——天哪！全是看不懂的密語，邦廷。」

「沒有圖表嗎？」邦廷先生問，「沒有能解釋的插圖——」

「你自己看，」庫斯先生說，「有些是數學算式，有些（根據字母看來）是俄文之類的，有些則是希臘文。希臘文嘛，我想你應該——」

「當然，」邦廷先生說，拿出他的眼鏡擦了擦，一時之間非常不自在。因爲他腦子裡早就不記得什麼值得說嘴的希臘文了。「沒錯——希臘文。當然，這有可能提供一點線索。」

「我找個段落給你。」

「我倒希望先看完所有日誌，」邦廷先生說，仍在擦汗，「先有個整體印象，庫斯，然後嘛……你知道的，我們可以再來找線索。」

他咳嗽，戴上眼鏡，刻意地調整一下，又再咳了一次，暗自希望有件什麼事情來轉移焦點，否則他就要露出馬腳了。他從容地接過庫斯遞來的那本日誌，接著，果眞有件事情發生了。

門突然打開。

兩位紳士嚇一大跳，回頭一看，便放心了，他們看見一張斑駁的紅臉，頭上戴了頂毛茸茸的絲質帽。

「酒吧在這邊嗎？」那張臉問，站在門口盯著他們。

「不是。」兩位紳士異口同聲。

「在另一邊，朋友，」邦廷先生說。

「請關門。」庫斯先生不耐煩地說。

「好。」闖入者說，聲音似乎很小，跟他剛剛發問的嘶啞口氣有著微妙的不同。

「遵命，」闖入者又用原本的聲音說，「通道淨空！」接著他就關上門走了。

「我猜是個水手，」邦廷先生說，「他們都是有趣的傢伙。通道淨空！哈，是呀。我想是航海術語吧，代表他要從房間退出來。」

「我敢說是這樣沒錯，」庫斯說，「我今天神經搞得好緊張。門那樣打開——害我嚇一大跳。」

邦廷先生微笑，彷彿他自己就沒嚇到似的。「現在，」他嘆口氣說，「來查看這些書吧。」

他打開書時，聽見有人在吸鼻子。

「有件事無庸置疑，」邦廷說，拉了張椅子到庫斯身旁，「過去幾天易平村的確發生了一些非常怪的事——怪得很哪。當然，我個人無法相信這種荒謬的隱形傳聞——」

「真的很驚人，」庫斯說，「太驚人了。可是我看到的事實不能否認——我的確一路看穿他的袖子——」

「你有嗎？你確定？假設有面鏡子好了——要製造幻象是很容易的，我甚至不曉得你這輩子有沒有見過厲害的魔術師——」

「你說得對，沒什麼好爭的了，」庫斯說，「我們已經解決了疑點，邦廷。現在只剩這些書要研究——啊！這裡有一段字，我猜應該是希臘文！至少這是希臘字母。」

他指著紙頁中間，邦廷先生臉色微紅，湊近去看，顯然他眼鏡上的問題還沒解決。這時，他突然覺得後頸有一股詭異觸感，他試著抬起頭，卻有一道阻力擋著；是一個奇怪的壓力，就像有隻沉重、穩健的手按住他，連下巴也被壓到桌上，一點也抗拒不了。

「不准動，你們兩個小不點，」一個嗓音低語，「不然我就打爆你們的腦袋！」

邦廷盯著眼前庫斯的臉，他也被壓在了桌上，他們甚至可以在彼此眼睛裡看見自己嚇壞的模樣。

「很抱歉我得這麼粗魯對付你們，」嗓音說，「但我也沒辦法。

「誰叫你們要偷窺實驗調查員的私人備忘錄。」嗓音說，兩人的下巴同時往桌子撞了一下，兩排牙齒喀噠作響。

「誰叫你們要闖進不幸之人的私人房間。」兩人又被撞了一次下巴。

「他們把我的衣服放到哪裡去了？聽好，」嗓音說，「窗戶已經拴上，我也抽走了房門鑰匙。我可是很壯的，我手邊還有把火鉗——更何況我隱形了。只要我想要，毫無疑問能輕鬆殺了你們兩個，然後一走了之——你們懂嗎？很好。如果我放開你們，你們能保證別玩把戲，然後照我說的去做嗎？」

教區牧師和醫生面面相覷，醫生拉長了臉。

「好。」邦廷先生說，醫生也跟著重複。接著，兩人脖子上的壓力鬆了，他們趕緊坐起來，面紅耳赤地扭扭頭。

「請坐在原地別動，」隱形人說，「瞧，火鉗就在這裡。

「我進來這房間時，」隱形人讓他的訪客見識過火鉗尖端後，繼續說道，「可沒預期裡面有人。我預期的是我的備忘錄和衣服。我的衣服在哪？不——別站起來，我知道衣服被拿走了。現在還夠暖和，一個隱形人光溜溜到處跑不成問題，可是到傍晚就很冷了。我要衣服——還有其他物資，我也得拿走這三本書。」

12 隱形人大發脾氣

出於一個馬上就會明瞭的沉痛原因，故事得在這裡再度打岔。當會客室裡正發生這些事，也就是當赫斯特先生正盯著馬佛先生靠在柵門抽著他的菸斗時，霍爾先生和泰迪·亨佛利就在不到十幾公尺外，疑雲重重地討論易平村的事情。

突然間，會客室的門重重撞了一下，傳出厲聲喊叫，接著——一片死寂。

「喂！」泰迪·亨佛利說。

「喂！」酒吧傳來回音。

霍爾先生仔細思考狀況。「不太對勁。」他說，並繞到吧檯後面，往會客室門走去。

他和泰迪一塊靠近門口，臉色專注，眼神謹慎。「出差錯了。」霍爾說，亨佛利也點頭同意。他們聞到一股難聞的化學藥劑味，房內傳出含糊不清的交談聲，說得很快，聲音壓得很低。

「你們在裡面都還好吧？」霍爾問，敲敲門。

低聲交談突然停止，寂靜了一會兒，接著又傳出喃喃細語。然後，有人厲聲喊叫：「不行！你不准這樣！」緊接著是突如其來的一片動亂，椅子翻了，還有一陣扭打。最後，又歸於寂靜。

「怎麼回事？」亨佛利輕輕喊了一聲。

「你們——在裡面——都還好吧？」霍爾又高聲問了一遍。

教區牧師用怪異的發抖語調回應：「很——很好，請別——別打斷我們。」

「眞奇怪！」亨佛利先生說。

「眞奇怪！」霍爾先生說。

「他居然說『別打斷』。」亨佛利說。

「我聽見了。」霍爾說。

「還有人吸鼻子。」亨佛利說。

他們繼續聽下去。對話很快，聲音很低。「我不能，」邦廷先生說，揚高嗓音，「我告訴您，先生，我不肯。」

「那是怎麼回事？」亨佛利問。

「說他不肯，」霍爾說，「他不是在對我們說話吧？」

「眞可恥！」邦廷先生說，在房內。

「眞可恥？」亨佛利先生說，「我聽到了，一清二楚。

「現在又是誰在說話？」他接著問。

「我想是庫斯先生吧，」霍爾說，「你有聽到——什麼嗎？」

一片沉默。房內的聲響聽不清楚，令人費解。

「聽起來好像在亂丟桌布。」霍爾說。

霍爾太太出現在吧檯後面。霍爾比手勢叫她安靜跟來，這引起了霍爾太太身爲妻子的對立態度。

「你在那邊偷聽啥啊，霍爾？」她問，「今天這麼忙——你就沒別的事好幹嗎？」

霍爾扮怪相、比手勢來試著傳達意思，但霍爾太太冥頑不靈。她揚高嗓門再問一次，於是頗爲氣餒的霍爾和亨佛利只得踮著腳尖走回酒吧，比手畫腳跟她解釋。

霍爾太太起先一點也不想知道他們聽到了什麼；然後，當亨佛利開口講故事時，她只好要霍爾閉嘴。她仍然認定這整件事只是在胡鬧——他們也許只是在房內挪動家具。

「我聽見有人說『真可恥』，我聽見了那句話。」霍爾說。

「是我聽見的，霍爾太太。」亨佛利說。

「很可能根本沒有——」霍爾太太開口。

「安靜！」泰迪．亨佛利先生說，「我是不是聽到窗戶的聲音？」

「什麼窗戶？」霍爾太太問。

「會客室窗戶。」亨佛利先生說。

所有人站起來，聚精會神地聽。霍爾太太的眼睛直盯前方，呆呆看著旅店的矩形大門、外頭鮮明的白色道路，以及赫斯特在六月豔陽下起泡的店鋪門前。突然，赫斯特的門打開，他兩眼激動、比手畫腳衝了出來。

「呀！」赫斯特大叫，「攔住小偷！」他跑起來，沿對角線直接穿越矩形大門，朝院子柵門而去，接著消失在視線外。

會客室立刻傳來騷動，以及窗戶關上的聲響。

霍爾、亨佛利及酒吧裡的人爭先恐後湧到街上。他們看見有人飛快繞過教堂轉角往山路去；赫斯特先生則是在空中躍了好大一圈，最後以他的臉跟肩膀迎接地面。街上眾人要不是震驚地愣在原地，要不就是跑向他們。

赫斯特先生嚇呆了，亨佛利也注意到了。霍爾和酒吧的兩名工人直接衝向轉角，吼著聽不懂的話，並目睹馬佛先生消失在教堂轉角。他們立刻下了一個顯然不可能的結論，認爲他們看見的是突然現形的隱形人，於是立刻沿著巷子追逐。但霍爾跑不到十幾步就大叫一聲，整個人往旁邊飛出去，情急之下抓了一位工人，兩人撞倒在地。霍爾被撞的方式就跟橄欖球員沒兩樣。第二位工人見狀繞了回來，認定霍爾是自己摔倒的，就回頭繼續追逐，結果跟赫斯特一樣被絆倒在地。接著，第一名工人奮力爬起來，又被人從側面踹開，力道足以踢倒一頭牛。

他倒地時，從村子草地衝來的人群剛好繞過轉角。率先出現的是砸椰子遊戲的攤主，他是個穿藍色毛衣的壯漢——他很訝異地發現巷內沒有別人，只有三個人荒謬地趴在地上。然後，他的後腳不知怎麼了，害他一頭往前栽，側翻了一圈，這個瞬間他看見他的兄弟兼合夥人也跟自己一樣飛了出去。接著兩人遭到一頓腳踢、膝蓋撞擊，然後倒地，後面一大群急著通過的人紛紛咒罵他們。

當霍爾、亨佛利，跟工人們跑出屋外時，霍爾太太憑著多年的人生經驗，克制住自己，留在吧檯的收銀櫃旁邊。突然，會客室的門打開，庫斯先生冒了出來，看也不看她就立刻衝下台階，往教堂轉角跑去。

「抓住他！」他大叫，「別讓他扔下包裹！」

庫斯完全不曉得馬佛的存在。隱形人已經在院子裡把書和包裹交給了馬佛。庫斯先生一臉憤怒，表情堅決，但儀容不整，他只穿了件白色蘇格蘭男用短裙，這唯有在希臘才算得上合格服裝。

「抓住他！」他吼道，「他搶了我的長褲！還有教區牧師身上的每一件衣服！」

「快點對付他！」庫斯跑過倒臥在地的赫斯特身邊時，對著亨佛利喊。然後就在他繞過轉角加入騷動時，腳上立刻被踹，害他不得體地摔了個狗吃屎。他大吼，試圖爬起來，但又被打趴在地。接著他意識到自己參與的不是集體追捕，而是一場大逃跑——所有人都在往村子逃。他重新爬起身，耳朵後面狠狠挨了一記，趕緊踉蹌跑回「馬車與駿馬」，還跳過了被人拋下、正坐起來準備逃跑的赫斯特。

庫斯爬上台階一半時，聽見在混亂喊叫聲中突然傳出一聲憤怒的大吼，以及某人的臉挨揍的聲響。他認出那就是隱形人的嗓音，他叫出來是因爲臉被打到而勃然大怒。

下一刻庫斯先生就回到了會客室。「他要回來了，邦廷！」他衝進去說，「快逃！」

邦廷先生正站在窗前，拿著壁爐毯和一份《西薩里郡報》試著遮掩身體。

「誰要回來了？」他說。他太過驚訝，身上的新衣差點掉下。

「隱形人，」庫斯說，趕到窗邊，「我們最好快離開這裡！他打架打瘋了！整個人抓狂！」

說完他就鑽到院子裡了。

「蒼天在上！」邦廷先生說，內心在兩種可怕下場之間猶豫不決。他聽見旅店走廊傳來恐怖的扭打聲，他決定了。他爬出窗戶，連忙調整身上衣著，然後用他那雙肥胖小短腿所能支撐的最快速度逃進村裡。

從隱形人憤怒尖叫，以及邦廷先生戲劇性逃走的那一刻起，我們就很難用連貫方式交代易平村的事件。隱形人本來的用意很可能是掩護馬佛逃走，因爲馬佛手上有他的衣服跟書；但他的脾氣向來不怎麼好，又在某個狀況下徹底失控，於是爲了滿足單純的狩獵樂趣，他開始痛打、踹倒人們。

請你務必想像，整條街擠滿逃竄的人，家門一道道地摔上，眾人不斷爭奪藏身處。也請你想像，這場突如其來的騷動，讓老佛萊契的木板跟兩張椅子失去了平衡——一場災難性後果。再請你想像，一對被邋鞦韆給纏住的倒楣情侶是什麼樣子。

一整片喧譁的逃難人群過境，徒留空蕩蕩的易平街頭、俗麗裝飾與旗幟，以及怒不可遏的隱形人。地上可見四散的椰子、翻倒的帆布，以及甜食攤一箱箱的貨品。到處都可聽見窗板關上、門閂鎖上的聲響，唯一看得見的動靜是窗板下快速掠過、挑高眉毛閃動窺伺的一雙眼睛。

隱形人花了點時間自娛，他打破「馬車與駿馬」的所有窗子，接著把一盞街燈丟進葛利伯太太家會客室。此外，想必是他切斷了希金斯農舍後面、通向亞德丁市的電報線。最後，隱形人憑著自己的奇異特質，完全避開了人類五官，易平村裡沒有人聽到、看見或感覺到他存在。他已徹底消失。

不過村民們還是等上幾乎兩個鐘頭，才敢重新踏進毫無人影的易平村街道。

13 馬佛先生提議退出

暮色降臨，村民們懷著忐忑不安的心，準備要一窺河岸節慶餘下的殘骸。同時間，一位身材矮胖、頭戴破爛絲質帽的男人正費力前行，穿越路上山毛櫸林透出的微光，走向布蘭博赫斯特。他一隻手拿著三本書，用一種漂亮的彈性繩綁在一起；另一隻手上是個藍色桌巾包住的包裹。他紅潤的臉流露出驚愕和疲憊的神情，腳步斷斷續續地加快。陪伴他的除了他自己的聲音，還有另一個人的——看不見的手不時地碰碰他，老是害他畏縮。

「要是你再給我溜掉，」嗓音說，「要是你再嘗試開溜——」

「老天爺！」馬佛先生說，「我的肩膀被你戳得全是瘀青。」

「我用我的榮譽起誓，」嗓音說，「我會殺了你。」

「我那時不是要跑掉，」馬佛說，聲音像是快要哭出來，「我發誓我沒有。我根本不曉得那個天殺的轉角，就這樣！我該死的怎麼會知道那個天殺的轉角？何況我一直被人拉著走——」

「只要你不介意，你就會繼續被拉著走。」嗓音說。馬佛先生也閉上了嘴，他鼓起臉頰，眼睛流露出絕望。

「雖然你沒有帶著我的書跑掉，但光是讓這些笨拙的鄉巴佬發現我的小祕密就已經夠糟了。幸好他們有些人夾著尾巴逃了！然後我淪落到這般地步……本來沒人知道我隱形的！這下我要怎麼辦？」

「我又要怎麼辦？」馬佛在心裡說。

「風聲已經傳開了。報紙都會登出來！所有人都會留意我——大家都會有戒心——」嗓音開始用生動的詞彙咒罵了一陣。

馬佛的表情更加絕望，步調也慢下來。

「快走啊！」嗓音說。

馬佛的臉在脹紅的斑點中發白。

「別讓書掉到地上，笨蛋。」嗓音厲聲說——同時超前了他。

「事實是，」嗓音繼續說，「我不得不好好利用你……你是個糟糕的工具，但我別無選擇。」

「我是個悲慘的工具。」馬佛說。

「沒錯。」嗓音說。

「我是你找得到最壞的工具。」馬佛說。

過了令人沮喪的一陣子沉默後，他接著說：「我不強壯。」

「我不算強壯。」他重複道。

「是嗎？」

「而且我心臟不好。剛才那段小插曲——我當然是撐過來了——算你福氣大！我本來有可能會倒下去。」

「所以呢？」

「我沒有你要的膽量跟力氣。」

「我會逼你拿出這種表現。」

「我眞希望你別這樣。你知道，我不想打亂你的計畫。可是我說不定會——被全然的畏懼跟悲慘逼上絕路。」

「你最好別幹這種事。」嗓音靜靜威脅。

「我眞希望我那時死了。」馬佛說。

「這樣不公平，」他又說，「你也得承認……我覺得我有完全站得住腳的權利——」

「快走！」嗓音說。

馬佛先生恢復稍早的步調。他們有陣子只是沉默不語走著。

「這實在太難了。」馬佛先生說。

這招完全沒效果。他換個戰術。

「我能得到什麼好處？」他開口，但口氣同樣錯得令人難以忍受。

「喔！給我閉嘴！」嗓音說，伴隨著驚人的活力。「我會確保你的安全。你照我的要求去做，而且得做到好。你只是個蠢蛋，但是你會——」

「我跟您說過了，先生，我不是您要的人選。我無意冒犯——可是這實在太——」

「你再不閉嘴，我會再次扭痛你的手腕，」隱形人說，「我得思考。」

這時有兩道黃光在樹林間出現，一座教堂的方形鐘塔在薄暮中浮現。

「我會繼續用手按著你肩膀，」嗓音說，「一路穿過村子。直直通過，別搞把戲。你敢搞鬼，我就賞你最壞的下場。」

「我知道，」馬佛嘆息，「我清楚得很。」

於是這位戴著過時絲質帽、面容悶悶不樂的人扛著東西穿過小村街道，消失在窗光照不進的低垂夜幕裡。

14 史多威港

隔天早上十點，沒刮鬍子、渾身骯髒、風塵僕僕的馬佛坐在史多威港一座小旅店外的長椅上，他把書放在身邊，雙手深深插進口袋，看來非常疲憊、緊張、不自在，偶爾還鼓起臉頰。書擺在他旁邊，此刻已經用繩子綁好。桌巾包裹在布蘭博赫斯特外的松木林就丟棄了，因為隱形人改變了計畫。馬佛坐在長椅上，儘管沒人特別注意他，他仍然十分激動不安，兩手緊張不斷地胡亂摸索著各個口袋。

他坐在那兒快一個鐘頭後，一位拿著報紙的老水手走出旅店，坐在他旁邊。

「今天天氣眞好呀。」水手說。

馬佛先生環顧四周，模樣嚇得要命。「的確。」他說。

「每年這時候的天氣就是這樣。」水手說，不容馬佛表達反對意見。

「很對。」馬佛先生說。

水手掏出一根牙籤，接下來幾分鐘都把心思放在這玩意上面（除了他的目光以外）。水手的眼睛肆無忌憚地打量馬佛先生髒兮兮的身影以及他身旁的書。當他接近馬佛先生時，聽見了像是口袋裡銅板滾落的聲音，這意味著馬佛先生是個有錢人；與他的外表對照之下，水手甚是驚訝。他的思緒回到這件牢牢抓住他想像力的古怪事情上。

「這些是書？」他突然說，大聲剔著牙齒。

馬佛先生嚇了一跳，轉頭看看書。「喔，沒錯，」他說，「對，這些是書。」

「書裡面會寫很不可思議的事情呢。」水手說。

「我相信您。」馬佛先生說。

「書裡也會蹦出很驚人的事。」水手說。

「同樣沒錯。」馬佛先生說，看一眼水手，然後環顧四周。

「比如說，報紙上就有不可思議的事。」水手說。

「的確。」

1 史多威港（Port Stowe）：虛構地名，可能影射海港城樸茨茅斯（Portsmouth）。

「我是說在這份報紙裡。」水手說。

「哦！」馬佛先生說。

「比如說，有一則故事，」水手說，一隻眼睛堅定地盯著馬佛先生，「提到了『隱形人』。」

馬佛先生扭扭嘴，搔搔臉頰，感覺耳根發燙。「他們接下來寫些什麼？」他小聲問，「在奧地利？美國？」

「都不是，」水手說，「是在這裡。」

「老天爺！」馬佛先生嚇了一跳。

「我說這裡的意思，」水手解釋，令馬佛先生鬆了口氣，「不是指現在這個地方。我是說在附近。」

「有個隱形人！」馬佛先生說，「他在做什麼？」

「什麼都幹了，」水手說，用他那隻眼緊緊盯住馬佛，然後放大音量，「什麼——見鬼的事——都幹了。」

「我這四天一張報紙都沒看過。」馬佛說。

「他是從易平村開始鬧事的。」水手說。

「是呀！」馬佛先生說。

「他從那邊開始作亂。至於他是什麼地方來的，似乎沒人曉得。故事就在這裡——〈易平村奇聞〉。而且報紙上說，證據格外有力，格外啊。」

「老天爺！」馬佛先生說。

「話說回來，這故事本身就很不可思議。證人包括一位神職人員和一位醫生紳士，他們把他看得一清二楚——或者說沒看見。報上說隱形人住在『馬車與駿馬』，似乎沒人察覺到他的不幸。報上說呀，一直到旅店內發生了爭執，他頭上的繃帶被扯下來，大家才注意到他的厄運。他們說他的頭是隱形的。人們立刻捉拿他，但他脫掉衣物，成功逃走了，只是逃走前發生一場危急的搏鬥。報上說他對我們值得尊敬又稱職的警員J．A．賈佛斯先生造成了嚴重傷害。寫得眞是明白扼要，對吧？人名跟什麼的都寫進去了。」

「老天爺！」馬佛先生說，緊張打量四周，盲目摸索著口袋裡有多少錢，滿腦子都是詭異又新奇的念頭。「聽起來非常驚人。」

「可不是？我認爲這就叫不可思議的事。我以前可沒聽過什麼隱形人，但如今人們都聽得到這麼多不可思議的奇聞——像這件事——」

「所以他只做了那些事?」馬佛問，假裝一派輕鬆。

「這樣就夠多了，不是嗎?」水手說。

「他沒有跑回去?」馬佛問，「只有寫到逃走而已?」

「而已?」水手說，「為什麼——難道這樣還不夠嗎?」

「很夠了。」馬佛說。

「我認為這樣已經夠多了，」水手說，「我認為夠了。」

「他沒有同夥嗎——報上沒提到他有同夥?」馬佛先生焦急地問。

「只有他一人你還嫌不夠?」水手問，「不，我們或許能說感謝蒼天，他沒有同夥。」

他緩緩點點頭。「光想到那傢伙在鄉間亂跑，就讓我夠難受了!他此刻逍遙法外，而某些證據指出他正要——我想意思是，他已經——走上前來史多威港的路。你懂吧，他衝著我們而來!這回完全不是你認定的美國奇譚。想想看他有能力做什麼!要是他造訪你，然後決定對你下手，你會怎樣?假如他想搶劫——誰又能阻止他?他能闖進屋子竊盜，他能輕鬆穿過警察封鎖線，容易得就像你溜過瞎子身邊!甚至比那還簡單!畢竟我聽說這邊的盲人都有不尋常的好聽力哪。然後不管隱形人想拿什麼酒喝——」

「他當然會有很大的優勢，」馬佛先生說，「而且——嗯……」

「你說得沒錯，」水手說，「他有。」

自始至終，馬佛先生都專注地眼觀四方，聆聽細微腳步聲，試著偵測最不起眼的動靜。他似乎抱著極大的決心。他遮著手咳嗽。

他又看向水手，雙耳保持聆聽，接著傾身靠近水手，壓低嗓音：「事實是——我碰巧知道隱形人的一兩件事，從私人消息來源聽說的。」

「哦？」水手說，感興趣了，「你？」

「對，」馬佛先生說，「我。」

「當然了！」水手說，「那我能否問——」

「你會大吃一驚的，」馬佛先生用手遮著嘴說，「這是大內幕。」

「的確！」水手說。

「事實是——」馬佛先生低聲說，語氣胸有成竹。突然，他的表情一驚。「噢！」他說，僵硬地從椅子上站起來，臉上明顯受了傷。「哇啊！」他說。

「怎麼了？」水手擔憂地問。

「牙痛而已，」馬佛先生說，用手摸摸耳朵。他抓起書，「我想我得走了。」他說，並用十分怪異的姿勢沿著椅子越走越遠，活像是被人拉住。

「可是你正要跟我講這位隱形人的事呢！」水手抗議。

馬佛先生似乎在跟自己討論。「那是騙局。」有個嗓音說。「這是騙局。」馬佛先生說。

「可是報上寫出來了。」水手說。

「一樣是騙局，」馬佛先生說，「我認識那個捏造謊言的傢伙。根本沒有隱形人這種事情——哎呀。」

「可是報紙怎麼辦？難道你意思是——」

「一個字都別信。」馬佛堅決地說。

水手盯著他瞧，報紙還拿在手中。馬佛先生尷尬地別過頭去。

「等等，」水手站起來，緩緩開口，「你意思是——」

「對。」馬佛先生說。

「那你幹嘛讓我講這堆該死的東西？你何必讓人自取其辱？嗯？」

馬佛先生鼓起臉頰，水手的臉也脹得紅通通，他捏緊雙手。「我在這裡講了十分鐘，」他說，「你這大肚腩、皺臉皮的老混蛋卻連點基本禮貌也沒有——」

「少跟我吵架。」馬佛先生說。

「吵架？我心情好得很——」

「快走。」一個嗓音說，然後馬佛先生突然轉身，姿態詭異、抽筋似的往前走了。

「是呀，快走吧。」水手說。

「這不是在走了嗎？」馬佛先生反駁。他的步伐怪異，又歪斜又匆忙，身子偶爾還會突然往前晃。走著走著，他就開始低聲自言自語，甚至發出抗議、指責。

「可笑的傢伙！」水手說，他的兩腿張開、雙手叉腰，注視遠去的人影。「我就讓你見識見識，你這糊塗蠢蛋——竟敢愚弄我！事實都寫在這裡——寫在報紙上！」

馬佛先生反駁了幾句聽不懂的話，就轉進彎路不見了。水手仍直挺挺站在路中間，直到一輛屠夫馬車把他趕開，他就轉回史多威港去了。

「滿腦子不可思議的蠢念頭，」他輕聲對自己說，「只是想稍微貶低我——這就是他的愚蠢盤算——報上明明都寫了！」

這時他遇到了另一件不可思議的事在自己眼前發生；他目睹「（至少）一把鈔票」在毫無外力的情況下飛起來，沿著聖米迦勒巷口的牆壁前進。就在這個早晨，也有另一位水手兄弟目睹了同一個驚人景象；他毫不猶豫地伸手抓錢，結果被撞了個倒栽蔥，等到他爬起來，那些蝴蝶般飛舞的鈔票已經不見了。至於我們這位讀報的水手宣稱，他當時的心情是「願意相信任何事」，不過這話有點太過倔強。在這之後，他就學會先動動腦筋。

但飛錢的傳聞是眞的。就在那個街坊，一張張的紙鈔都從每間商店、旅店的收銀櫃裡靜悄悄地飛走（既然天氣晴朗，所有店面都是門戶大開），甚至連令人敬畏的「倫敦郡銀行」也一樣。有時是一小把，有時裝在紙袋裡，它們無聲地沿著牆壁跟陰影飄浮，一遇到人就迅速躲開。沒人知道這些錢的下落，事實上，它們神秘旅程的終點就在一位紳士的口袋裡，這位激動、頭戴過時絲質帽的男人就坐在史多威港周邊的一間小旅店外頭。

直到十天後——博達克[2]的新聞那時也已成了舊聞——這位老水手統整這些事實，才開始意識到，他當時其實離隱形人非常非常近。

2 博達克（Burdock）：虛構地名，可能影射樸茨茅斯南部的小鎮南海城（Southsea）。

15 亡命人

那天下午，坎普大夫坐在他的書房裡，這房間位於山丘上的觀景台，能俯瞰整個博達克。這愜意的小房間有三扇窗戶，分別面向東、西、北方；書櫃擺滿了書籍跟科學期刊，還有一張寬敞寫字桌。北面窗戶下堆著一台顯微鏡，以及蓋玻片、小型儀器、一些培養皿細菌，與散落的試劑瓶。坎普大夫的煤氣燈點著，儘管外頭天空的夕陽依然很亮，他的窗簾也開著，因爲盯著路人看並不犯法，沒必要拉上。坎普大夫是個高大纖瘦的年輕人，有著亞麻色頭髮，但八字鬍子幾乎發白，他希望手邊的研究能爲自己贏得倫敦皇家學會的會員資格，這在他心中是至高無上的地位。

此刻他的心思沒放在研究上，而是望著山丘後面的夕陽餘暉。他坐了好一陣子，咬著筆，欣賞山頂的金黃光芒。接著，他的注意力被一個墨黑的渺小人影吸引，那人正跑過他面前的山頂，個子矮小，頭上戴著高帽，跑得極快，雙腿閃動不停。

「又一個笨蛋，」坎普大夫說，「就像今早在轉角撞上我的傢伙，還喊什麼『隱形人要來了，先生！』我眞沒法想像人們著了什麼魔。聽到這句話，讓人以爲自己活在十三世紀呢。」

他站起來走向窗邊，盯著幽暗山坡，還有那位衝下山坡的黑暗小人影。「他看起來似乎非常急，」坎普大夫說，「可是好像沒在動，難不成他口袋裡裝滿了鉛，再也跑不動了？

「他變快了，這位先生。」他又說。

下一刻，從博達克往山上延伸的別墅群遮住了奔跑的人影，在一棟一棟的屋子空隙間，那人一下子出現、一下子消失，最後，一間連棟住宅整個遮蔽了他。

「笨蛋一個！」坎普大夫說，便轉身走回寫字桌。

但是那些站在家門外的路人，想的可跟大夫差遠了。他們不只看著那人越跑越近，還看見了在他滿頭大汗底下的驚恐表情。那人的腳步沉重，渾身叮噹作響，就像個裝得鼓鼓的錢包甩來甩去一樣。他一點也沒朝左右望，睜大的眼珠直直盯著山下的路燈明亮處及街上的擁擠人群。他奇形怪狀的嘴巴張得老大，唇上沾滿了蛋白似的白沫，呼吸嘶啞、吵雜。目睹他經過的人們都停下腳步，開始瞻前顧後，不安地互相詢問：這人到底在急什麼。

後方遠處的山丘上，有隻在路上玩耍的狗，突然慘叫一聲，鑽到了柵門底下，人們還在納悶是怎麼回事，就有某個東西——一陣風，噠、噠、噠的跑步聲，以及費勁的喘息聲——掠過他們身邊。

人們放聲尖叫，紛紛四散逃亡，恐懼經由喊叫、經由人的本能，就這麼一路傳了下去。馬佛才跑到一半，鎮內街道已經響起大喊。人們一聽到動靜，就衝進屋子把門摔上。馬佛也聽到了，抱著絕望做出最後一次衝刺；恐懼來勢洶洶，一舉跑在他前頭，不一會兒便席捲了整個城鎮。

「隱形人來了！隱形人！」

16 「快樂板球員」旅店

「快樂板球員」旅店就位在山腳，馬車軌道的起始處。酒保把他粗壯、紅潤的手臂靠在吧檯上，正跟一位瘦弱馬車伕聊著馬兒。一旁有位身穿灰衣、留黑鬍鬚的男人大啖餅乾跟起司，喝著波頓酒，並用美國英語和一位休假員警交談。

「外面是在嚷叫什麼鬼？」瘦弱馬車伕突然岔離話題，從旅店矮窗髒兮兮的黃窗簾往山丘看。外面有人在狂奔。

「也許是失火了。」酒保說。

有腳步聲靠近，沉重奔跑，旅店門被猛然推開——哭哭啼啼、衣衫不整、帽子不翼而飛、大衣領子被扯破的馬佛衝進來，顫抖不停地轉身，試著關上門。門被一條皮帶拉著，只能關上一半。

「他來了！」馬佛哭喊，尖銳的嗓音散發出恐懼，「他來了！隱形人！他在追我！看在老天份上，幫幫我！幫幫我！」

「關上門，」警察說，「你說誰來了？怎麼回事？」他走向門解開皮帶，用力把門推上。美國人則關上另一扇門。

「拜託讓我到裡面去，」馬佛踉踉蹌蹌，邊哭邊說，但仍緊抓著書，「讓我到裡面去。把我關在裡面——什麼地方都好。我告訴你們，他在追我，我從他身邊逃走了。他說他會殺了我，而且說到做到。」

「你已經安全了，」黑鬍子男人說，「門關上了。這到底是怎麼回事？」

「讓我到裡面去，」馬佛說。這時，突然有人撞門，繫牢的門晃了好大一下，接著外面傳來一陣急促的敲門聲跟喊叫聲。

「喂，」警察喊，「是誰？」

馬佛先生發了狂，衝向木板門。「他會殺掉我——他有把刀還是啥的。看在老天份上——」

「過來這邊，」酒保說，「進來這裡。」他拉開吧檯的活板門。

馬佛先生衝到吧檯後面，門外的人繼續叫喊著。「別開門！」馬佛尖叫，「拜託別開門。我該躲在哪裡？」

「所以這就是隱形人呀？」黑鬍子說，一手放在背後，「我猜我們該見見他了。」

旅店窗戶突然被砸破，街上也爆出尖叫，人們四處奔跑。警察原本站在靠背沙發上，伸長脖子看誰在門外，聽聞動靜，他揚起眉毛爬了下來。「就是他。」他說。

酒保站在酒吧兼會客室門前，馬佛先生現在就關在門後面；酒保直直盯著砸破的窗戶，另外兩人也靠過來。

突然一切變得好安靜。「我眞希望有帶著我的警棍，」警察說，拿不定主意地走向門，「我們一開門，他就會闖進來。我們會攔不住他。」

「別這麼急著開門。」瘦弱馬車伕焦急地說。

「拉開門閂，」黑鬍子男人說，「若他眞闖進來——」他展示手裡的左輪手槍。

「不能那樣，」警察說，「那是謀殺。」

「我知道我在哪個國家，」留鬍子的男人說，「我會瞄準他的腿。快拉開門閂。」

「我可不允許那該死的玩意在我背後開火。」酒保說，伸長脖子往窗簾看。

「很好。」黑鬍子男人說，彎著腰、舉好左輪手槍，自己拉開了門閂。酒保、車伕和警察都往後轉。

「進來呀。」黑鬍子男人低聲說，一邊後退，一邊轉向解鎖的大門，手槍藏在背後。沒人進來，門依舊關著。過了五分鐘，馬車伕小心翼翼地探頭看，他們仍然在等。一張焦急的臉從酒吧伸出來表達意見。

「這屋子所有門都關上了嗎？」馬佛問，「他會繞到後面去——到處徘徊。他跟惡魔一樣狡猾。」

「老天爺！」魁梧的酒保說，「還有後門！你們看好這扇門——」他無助地環顧四周。酒吧門被用力關上，他們聽見了鑰匙鎖上門。「還有院子門跟私人用後門。院子門——」

他衝出酒吧。

一分鐘後，他拿著切肉刀重新出現。「院子門開著！」他說，肥厚下唇垮下來。

「他說不定已經在屋子裡了！」馬車伕說。

「他沒有在廚房裡，」酒保說，「那邊有兩個女人，我還用這把小切肉刀劃過每一寸空氣。她們也不認爲他有進來。她們沒注意到——」

「你把門鎖上了嗎？」馬車伕問。

「我又不是吃奶的娃兒。」酒保說。

留鬍子的男人收起左輪手槍，這時的吧檯活板門是關著的，門閂也靠上了。但下一刻門便在一聲巨響中斷裂，酒吧兼會客室的門也遭撞開。他們聽見馬佛像隻被逮住的小野兔一樣尖叫，於是立刻爬過吧檯趕去救援。留鬍子男人的左輪手槍「砰」一聲開火，擊中了會客室後面的鏡子，玻璃碎裂，叮叮咚咚掉落一地。

酒保踏進房間時，看見馬佛怪異地縮成一團，在通往院子與廚房的門旁不斷掙扎。酒保還在猶豫，門就突然打開，馬佛被拖進廚房，裡頭傳來一聲尖叫和碗盤砸破聲。馬佛低著頭，頑強地爬出來，卻又被強行拉回門裡，門閂也拉開了。

警察繞過酒保衝進來，馬車伕跟在他背後。他們抓住那隻勾著馬佛頸子的隱形手腕，結果臉上挨了一記，踉蹌退後。門打開了，馬佛發狂似地往門後面躲。接著，馬車伕勾到某個東西。「我抓到他了！」馬車伕說。酒保紅潤的手伸過來抓住隱形人。「他在這裡！」酒保說。

掙脫束縛的馬佛突然摔到地上，趕緊爬到衝突人群後方。大亂鬥在門邊開打；警察踩到隱形人的腳，他痛得大叫，這是他們第一次聽到他出聲。然後隱形人暴怒吼叫，朝四周連番揮拳。馬車伕的腹部下方被踹到，痛嚷一聲，彎下腰來；酒吧兼會客室的門被用力關上，馬佛先生得以撤退。廚房裡的人則發現他們現在只是在跟一團空氣爭鬥。

「他到哪裡去了？」留鬍子的男人喊，「跑到外面了嗎？」

「在這邊。」警察說，走進院子停下來。

一塊地磚咻地飛過他腦袋旁邊，砸在廚房桌上的陶器。

「我來給他好看！」黑鬍子男人喊，槍管伸過警察肩膀上，五發子彈接二連三射進暮光中，瞄準地磚的丟擲來源。黑鬍子男人一邊開槍，手上一邊平移，他的子彈就像輪軸般在小院子裡不斷散開。

一片死寂。「五發子彈，」黑鬍子男人說，「這是最好的戰果了。四張王牌加一張鬼牌。誰去拿個燈籠，然後找找他的身體在哪。」

17 坎普大夫的訪客

坎普大夫一直在書房寫作，直到槍聲打斷了他——砰、砰、砰！一聲接著一聲。

「喂！」坎普大夫說，嘴上又咬著筆，專心聆聽，「是誰在博達克開槍？這些蠢貨現在又在幹嘛啦？」

他走到南面窗戶，用力掀開，然後把頭伸出去，低頭望著一大群玻璃窗、小如珠子的瓦斯燈和店鋪，屋頂與院子的黑色空隙構成了夜晚的城鎮。「看來山下聚了一群人，」他說，「在『快樂板球員』旁邊。」他繼續看下去，目光從城鎮晃到遠方亮著燈的船隻，碼頭也在發光——一座有照明的小亭子就像黃光寶石般閃耀。上弦月懸在西方山丘上，星辰清晰，幾乎明亮如熱帶國度。

五分鐘後（他的思緒已經飛到遠方，想像未來的社會狀況，迷失在時間維度裡），坎普大夫終於嘆口氣醒過來，重新拉下窗子，返回他的寫字桌。

想必是在一個鐘頭左右之後，門鈴響了。他寫得很懶散，而且打從聽到槍響後，腦袋就經常放空。他坐在那裡聽，聽到女僕應門，於是等她走上樓梯，但她沒出現。「不曉得是什麼事。」坎普大夫說。

他試著回去寫作，失敗了，於是站起來，從書房走到樓梯口，按下僕人鈴，女僕出現在樓下走廊，他越過扶手直接問：「剛才是有人送信來嗎？」

「只是鈴故障了，先生。」她回答。

「我今晚眞是心神不寧。」他對自己說，便走回書房，拿出決心投入工作。不久後他便全心埋首於研究，房間裡僅有的聲響是時鐘滴答聲和壓抑的鵝毛筆刷刷聲，筆尖正在他桌燈投下的圓形亮光中央急促飛舞著。

直到半夜兩點，坎普大夫才寫完當晚的研究。他起身打呵欠，走下樓就寢。脫下大衣跟背心後，他才意識到自己口渴，便拿起蠟燭，下樓到餐廳尋找氣泡水瓶和威士忌。

1 威爾斯本人就在許多散文與小說中探討了未來人類社會的模樣，包括一八九五年的小說《時間機器》。

坎普大夫對科學的鑽研使他觀察力入微，當他回到走廊時，注意到樓梯附近的油地氈上有個暗色斑點。他走上樓梯才突然想到，應該問問自己油地氈上的汙痕是什麼。顯然他腦袋有部分潛意識在運作。總之，他帶著手上的東西轉身回到樓下走廊，放下氣泡水瓶跟威士忌，彎下腰來摸摸那地方。不太訝異地，他發現摸起來黏答答的，顏色有如乾掉的血跡。

他重新拿起東西走回樓上，環顧四周，想給血跡找個解釋。在樓梯口上，他看見了某個東西，使他驚訝止步：他的房門握把上沾著血。

他看看自己的手，乾淨得很，然後想到從書房走出來時，門就是開的，所以他根本沒碰到門把。他直挺挺地走進房間，臉上相當鎮靜——或許比平時多了一點決心。他探究的目光落在床上，床單上有一灘血，床罩也扯破了。他之前沒看見，因爲他直接走去穿衣間。床罩另一頭的地方凹陷下去，彷彿有人剛剛坐在那裡。

然後他以爲自己聽到有人低聲說：「老天爺啊！——是你，坎普！」但坎普大夫不相信幻聽這種事。

他站在那裡盯著弄亂的床罩。剛才眞的有人說話嗎?他又看看四周，但除了凌亂和沾血的床以外，再也沒別的東西。接著他清楚聽見有人穿過房間，走到洗手台附近。所有男人，不管他受過多高教育，都仍保有一絲迷信，會說他這一刻的感受叫做「毛骨悚然」。他一把關上房門，走到梳妝台放下東西，卻突然嚇了一跳，他發現洗手台前有一條染血的亞麻繃帶懸在半空中。

他震驚地盯著繃帶——繃帶綁得好好的，可是裡頭空空如也。他本來要向前抓住，卻有個東西觸碰並制止了他，一個相當近的嗓音響起。

「坎普！」嗓音說。

「啥？」坎普張口結舌。

「冷靜點，」嗓音說，「我是隱形人。」

坎普好一陣子沒答腔，只是盯著繃帶。「隱形人。」他說。

「我是隱形人。」嗓音重複。

坎普今早不斷嘲笑的傳聞，立刻湧回腦海。他此刻似乎沒有非常害怕，也沒有極度訝異。他要晚點才會意識到嚴重性。

「我還以爲那全是騙人的，」他說，腦子裡想到的全是今早一再重申的論點，「你包著繃帶嗎？」他問。

「對。」隱形人說。

「喔！」坎普說，然後他發怒了，「哎呀！」他說，「可是這是無稽之談，只是某種把戲。」他一步走上前，伸手想抓住繃帶，結果碰上隱形手指。

他嚇得往後一彈，臉色也變了。

「看在老天份上，坎普，冷靜！我急需幫助。住手！」

那隻手抓住他手臂。他揮拳打過去。

「坎普！」嗓音喊，「坎普，給我冷靜！」那隻手抓得更緊。

坎普滿心只有掙脫緊縛的發狂慾望。但包著繃帶的那隻手抓住他肩膀，他突然被絆倒，還被推到床上。他張嘴想喊叫，床罩一角就塞進他嘴裡。隱形人牢牢壓住他，不過他的手能動，揮著拳，不斷粗魯地踢腳。

「拜託理智點好不好？」隱形人說，儘管肋骨挨了一拳，仍然沒放開他，「蒼天在上！你就快要惹火我了！

「給我躺好別動，蠢蛋！」隱形人對著坎普耳邊吼。

坎普又掙扎了一會兒，終於躺下不動。

「如果你敢大叫，我就砸爛你的臉。」隱形人說，鬆開他的嘴。

「我是隱形人。這不是什麼愚蠢的騙術，也不是魔法，我眞的是隱形人。我需要你的幫忙，我不想傷害你，但要是你表現得像個抓狂的農民，我就會動手。你不記得我嗎，坎普？我是倫敦大學學院的葛利芬。」

「讓我起來，」坎普說，「我會在原地不動。還有讓我安靜坐一分鐘。」

他坐起來，摸摸脖子。

「我是倫敦大學學院的葛利芬，我讓自己隱形了。我只是個隱形的平凡人——你認識的人。」

「葛利芬？」坎普說。

「對，葛利芬。」嗓音回應，「我那時是你的學弟，白得像是白化症，身高一百八十公分，長得很壯，有張白裡透紅的臉，跟充滿血絲的眼睛。我贏過化學獎章。」

「我好困惑，」坎普說，「我的腦袋亂成一團。這跟葛利芬有什麼關係？」

「我就是葛利芬。」

坎普想了想。「眞可怕，」他說，「可是究竟要用何等妖術才能讓一個人隱形？」

「這不是妖術。這是科學過程，非常理性、可供理解——」
「太可怕了！」坎普說，「老天爺啊，怎麼會——」
「是很可怕沒錯，但我受了傷很痛，而且很累……天哪，坎普，你可是男子漢，冷靜一點。給我拿點食物跟水，然後讓我坐在這裡。」
坎普盯著那條繃帶穿越房間，一張籐條椅被拖過地板放在床邊。椅子嘎吱作響，下陷了半公分左右。坎普揉揉眼睛，又摸摸脖子。「這比鬧鬼還厲害。」他說，傻呼呼地大笑。
「這樣好多了。感謝老天，你恢復理智了！」
「或者說變蠢了。」坎普說，用指關節按摩眼睛。
「給我一點威士忌。我快沒命了。」
「感覺不像啊。你在哪裡？要是我站起來撞到你呢？在這兒啊！好。威士忌是吧？來。我要到哪邊拿給你？」
椅子嘎吱作響，坎普感覺杯子從他手中抽走。他費了好一番力氣才放手——直覺要他抓緊杯子。杯子停在椅子前緣的上方五十公分處。他盯著杯子，滿心不解。
「這——這一定是催眠。你讓我相信你隱形了。」

「胡說八道。」嗓音說。

「太瘋狂了。」

「聽我說。」

「我今早才做出不容質疑的證明，」坎普開口，「指出隱形這種事——」

「我懶得管你證明了什麼！——我餓壞了，」嗓音說，「而且對一個沒衣服的人來說，晚上實在太冷了。」

「要吃點東西嗎？」坎普說。

裝著威士忌的杯子自己傾斜。「要，」隱形人說，放下酒杯，「你有浴袍嗎？」

坎普低聲驚呼了幾句，走到衣櫃前，掏出一件暗紅色長袍。「這個可以嗎？」他問。袍子從他手中抽走，在空中垂盪一會兒，詭異地抖動幾下，接著站了起來並且自行扣好釦子，最後坐在他的椅子上。

「若是能有內褲、襪子、拖鞋，對我會是一大慰藉，」隱形人扼要地說，「還有食物。」

「什麼都好。這是我這輩子見過最瘋狂的事！」

他打開抽屜找衣物，然後下樓翻遍食物儲藏室，拿了些冷肉片和麵包回來。他拉出一張小桌，把食物放在客人面前。

「別管叉子了。」他的訪客說，一片肉懸在空中，伴隨著啃咬聲。

「隱形！」坎普說，坐倒在臥房椅子上。

「我總是喜歡在吃東西前先穿點衣服，」隱形人說，狼吞虎嚥，滿嘴食物。「眞古怪的念頭，是吧！」

「我猜你的手腕沒事吧。」坎普說。

「那當然。」隱形人說。

「在世上這麼多奇怪又奇妙的事當中——」

「正是。不過眞有趣，我偏偏這麼剛好挑上你家闖入。我頭一次走運！反正，我一開始就打算在這間屋子過夜，你就忍忍吧！我知道這很討厭，髒得要命。我的血現形了是吧？那邊凝結了一大團。我懂了，血凝結時就會現形，這是我唯一成功轉變的活體組織，到我死之前都會是這樣……我在這間屋子待了三小時。」

「可是你怎麼隱形的？」坎普說，口氣惱怒，「該死！這整件事——從頭到尾都不合理。」

「這很合理，」隱形人說，「非常合理。」

他伸手拿來威士忌酒瓶。坎普盯著那件浴衣狼吞虎嚥；一道燭光穿透右肩的破洞，在左邊肋骨投射出三角形光線。

「之前的槍聲是怎麼回事？」他問，「怎麼引起的？」

「有個超級大蠢蛋，算是我的共犯吧——眞該死！——他試圖偷我的錢。已經偷走了。」

「他也隱形了？」

「沒有。」

「不然是怎樣？」

「你就不能先讓我多吃一點，然後我再講完整件事嗎？我餓死了——而且很痛。你卻只顧著要我跟你講故事！」

坎普站起來。「你完全沒開槍？」他問。

「不是我開的，」他的訪客說，「某個我不認識的笨蛋隨便亂開火。他們很多人嚇壞了，被我嚇得要死。呀，去他們的！——這些食物不夠，我要更多，坎普。」

「我去看看樓下有什麼吃的，」坎普說，「但恐怕不多。」

隱形人飽餐一頓後，開口要支雪茄。還等不及坎普拿雪茄剪給他，他就猛咬雪茄末端，又在茄衣鬆開時不斷咒罵。看著他吸菸很奇怪：他的嘴、喉嚨、咽頭和鼻孔變得有如繚繞煙霧所構成的鑄模。

「吸菸眞是美妙的賜禮哪！」他說，活力十足地吐菸，「能找到你著實是運氣好，坎普。你得幫我。你這下可遇到了驚人大事！我碰上了地獄般的困境。我想我之前抓狂了。想想我遇到的那些糟糕事！不過我們仍有機會補救。讓我告訴你——」

隱形人爲自己倒更多威士忌和蘇打水。坎普站起來，環顧四周，然後去空房拿個杯子。

「這故事太難以置信了——我想我也喝一杯吧。」

「你這十幾年來都沒變，坎普。你們這種好人都不會。腦袋冷靜，做事有條不紊——至少在你第一次崩潰後是這樣。我們會聯手合作！」

「可是這究竟是怎麼做到的？」坎普說，「你怎麼會變成這樣？」

「老天爺，讓我先安安靜靜吸點菸，行嗎？然後我就會告訴你。」

但隱形人那天晚上沒講這個故事。他手腕的槍傷更痛了；他在發燒，疲累不堪，心思全轉到他追下山、在旅店裡打鬥的經過。他講了一些馬佛的片段，菸抽得更急促，嗓音也浮現憤怒。坎普試著整理他聽到的事實。

「他怕我，我看得出來他怕我，」隱形人一遍又一遍說，「他早就打算開溜——他一直在四處張望。我眞蠢！

「那個無賴！我早該宰了他！」

「你的錢是哪裡來的？」坎普突然問。

隱形人沉默片刻。「我今晚沒辦法告訴你。」他說。

他突然呻吟一聲，往前傾身，用隱形手撐著隱形腦袋。「坎普，」他說，「我已經將近三天沒有闔眼了，只有每個小時打瞌睡一兩次。我得趕快睡上一覺。」

「好吧，用我的房間——這個房間。」

「可是我怎麼睡得著呢？要是我睡著——他就會逃掉。唉！反正有什麼差別呢？」

「你的槍傷怎樣？」坎普唐突地問。

「沒什麼——只是皮肉傷。喔，天哪！我好想睡覺！」

「那就睡吧。」

隱形人似乎在盯著坎普。「因爲我特別不想被我的同伴逮到。」他緩緩說。

坎普嚇一跳。

「我眞傻！」隱形人說，很快打了一下桌子，「我害你也萌生這種念頭了。」

18 隱形人入睡

儘管隱形人筋疲力盡又受了傷，仍不願接受坎普一再重申會尊重他自由的保證。他打量臥室的兩扇窗，拉起窗簾，打開窗框，好證實坎普所言無誤——窗戶確實能當作逃生管道。外頭的夜色無比寂靜，新月正要落到山丘之下。然後他檢視臥室門和更衣間兩扇門的鑰匙，很滿意這些也能確保他的自由。最後他表示自己十分滿意。他站在壁爐毯上，坎普聽見了呵欠聲。

「抱歉，」隱形人說，「我還沒辦法告訴你我今晚做了什麼，我累壞了。毫無疑問，隱形這件事怪透了，太可怕了！不過相信我，坎普，即使你今早曾經反駁，但這是確確實實有可能的。我發現了隱形的辦法，我本想獨自守著祕密，但我辦不到。我得找個合作夥伴。你……我們可以做到這件事……可是明天再說吧。好了，坎普，我覺得我現在非睡不可，不然就要沒命了。」

坎普站在房間中央，盯著那件無頭衣物。「我想就先讓你獨處吧，」他說，「這——實在太驚人了。要是這種事發生個三次，就會顛覆我全部的既有認知——我一定會發瘋。可是這是眞的！我能幫你拿點什麼來嗎？」

「跟我說聲晚安就行。」葛利芬說。

「晚安。」坎普說，握了一隻隱形手，便側身走向門。

突然浴袍迅速走向他。「你聽好，」浴袍說，「不准試圖阻擾我或逮捕我！否則——」

坎普的臉色稍微變了。「我以爲我已經對你保證過了。」

坎普輕聲關上背後的門，鑰匙立刻當著他的面鎖上了。他站在那兒，神情顯露一股消極的訝異。一陣急促的腳步聲走到更衣室門邊，也把門給鎖上。坎普用手拍拍眉頭。「我是在作夢嗎？這世界發瘋了嗎——還是我瘋了？」

他大笑，伸手推推鎖住的門。「被一個大言不慚的荒謬東西鎖在我自己的臥房外！」他說。

他走到樓梯口，轉身看了看上鎖的門。「這是眞的。」他說，用手指摸著輕微瘀傷的頸子。「無可否認的事實！」

「可是——」他又說。

他無助地搖搖頭，轉身下樓。

他點燃廚房油燈，掏出一根雪茄，開始吐著煙在房裡踱步，不時跟自己爭論起來。

「隱形！」他說。

「世上有隱形的動物嗎？……在海裡，有的，好幾千種——幾百萬種。所有的無節幼蟲和柱頭幼蟲（nauplii and tornarias），所有的微生物和水母。在海裡，隱形的東西比看得見的還多！我之前從沒想過這點。水池裡也是！池中那些小生物——斑點般無色、透明、凝膠狀的動物！可是在空氣中呢？從來沒有！

「不可能有這種東西。

「可是話說回來——爲何不？

「就算一個人是用玻璃做的，仍然看得到他。」

他的冥想越鑽越深。等到他重新開口時，三根雪茄泰半消失——或者應該說散成了地毯上的白灰。他只是嚷叫一聲，就轉身走出房間，踏進他的看診室，點燃那裡的煤氣燈。這房間很小，因爲坎普大夫並不靠著看診維生。今天的報紙就放在那裡。早上的報刊被隨意翻開、丟在一旁——他拿起來翻了翻，開始讀起〈易平村奇聞〉，也就是史多威港那位老水手大費周章念給馬佛先生聽的報導。坎普很快把它讀完。

「欲蓋彌彰！」坎普說，「粉飾太平！遮掩事實！『似乎沒人察覺到他的不幸。』他到底在玩什麼花招？」

他扔下報紙，雙眼不斷搜索。「啊哈！」他說，撈起了仍和送來時一樣摺好擺著的《聖詹姆斯報》。「這下我們就能知道真相了。」坎普大夫說。他一把打開報紙，幾個專欄在他面前跳出來。頭條寫著：「薩塞克斯郡整個村子發瘋」。

「老天爺！」坎普說。他飢渴地讀起一篇語帶懷疑的報導，描述易平村前一天下午發生的事，這在舊報導裡已經提過。晨報的扉頁上重新刊登了那則故事。

他重讀一遍報導。「跑過街上左右出拳，賈佛斯昏迷不醒，赫斯特先生疼痛不堪——仍舊無法描述他究竟目睹何物。教區牧師承受痛苦羞辱。女人家嚇得魂不附體！有窗戶遭打破。這則不可思議的故事很可能純屬捏造，但好到不能不付梓——當然，我們仍得抱持懷疑態度！」

坎普丟下報紙，出神地望著前方的空氣。「所以大概只是捏造的！」

他又拿起報紙，再次重讀這整件事。「可是那個流浪漢是什麼時候出現的？他該死的幹嘛追那個流浪漢？」

他頹然地坐在手術椅上。「他不只隱形，」他說，「還精神失常！有殺人傾向！」

一直到晨光滲入餐廳蒼白的油燈燈光與雪茄煙霧時，坎普仍在來回踱步，試著理解這件難以置信的事。

他整個人激動得睡不著覺。僕人們睡眼惺忪來到樓下，發現他仍醒著，還以爲他是工作過頭才變成這樣。他對他們下了雖然離奇、但相當明白的指示：在觀景書房放下兩人份的早餐——並且只准他們在地下室跟一樓活動。坎普繼續在餐廳裡踱步，直到今早的報紙送達。報上寫了很多，但啥都沒說，頂多證實昨晚的事件，還有一篇寫得很差、關於博達克港的驚人故事。坎普這下得知「快樂板球員」發生什麼事，也得知馬佛的名字。「他逼我留在他身邊二十四小時。」馬佛提出證詞。易平村的故事添了些小細節，特別是村內電報線被切斷。不過報上沒解釋隱形人與流浪漢的關聯，畢竟馬佛先生沒提到那三本書，或是藏在他衣服襯裡的錢。前天報導的難以置信口吻消失了，一大群記者已在試圖挖出更多內幕。

坎普讀完報導的每個段落，然後派女僕出去買她找得到的每一種晨報。這些他也如飢似渴地看完了。

「他隱形了！」他說，「而且看來他的暴怒變成了瘋狂！他有可能做出這些事來！確實有可能！而他就睡在樓上，自由得像空氣。我到底該怎麼辦？

「要是我這麼做，算不算是違背誓言——？不會。」

他走向角落的一張淩亂小書桌，開始寫字條。第一條寫了一半就撕掉，重寫一張。他讀了一遍，想了想，接著掏出一只信封，收件人寫上「博達克港的艾迪上校」。

就在坎普寫字條時，隱形人醒了，他怒火中燒。坎普一直留意著大小聲響，他聽見隱形人的噠噠腳步突然在頭上的臥房衝過，接著有張椅子扔出去，砸壞了洗手台的臉盆。坎普連忙上樓，急切地敲著門。

第二部

19 特定第一定理

「怎麼了？」坎普問，隱形人開門讓他進去。

「沒事。」他回答。

「可是——該死！爲什麼砸東西？」

「怒氣發作，」隱形人說，「我忘了這隻手，現在手很痛。」

「你很容易動怒。」

「的確。」

坎普走過房間，撿起玻璃碎片。「關於你的事實全傳開了，」坎普站起來，手中拿著玻璃，「易平村跟山腳下發生的所有事。這世界已經察覺到有隱形人，但沒人曉得你在這裡。」

隱形人咒罵。

「祕密傳出去了。我猜這本來是祕密吧。我不曉得你的打算，不過當然，我非常願意幫助你。」

隱形人坐到床上。

「樓上有早餐。」坎普說，口氣盡可能輕鬆，他很高興發現這位奇怪的訪客心甘情願地站起來。坎普在前頭帶路，上樓梯前往觀景書房。

「在我們做任何事情之前，」坎普說，「我得多了解一點你的隱形效果。」他先緊張地往窗外瞥一眼，然後坐下，散發出有話要說的氣氛。他對這整件事的懷疑湧上心頭，但當他看到葛利芬坐在早餐桌旁，這念頭便消散無蹤——一件無頭、無手的浴袍，憑空舉起餐巾擦拭看不見的嘴。

「這夠簡單了——而且夠可信。」葛利芬說，把餐巾放到一旁，一隻隱形手撐著隱形頭。

「對你而言無疑是這樣，可是——」坎普大笑。

「唔，沒錯，起先我也感到十分神奇，毫無疑問。可是現在，老天爺！……不過我們還能做出更偉大的事來！我一開始是在雀西史道威發明這玩意的。」

「雀西史道威？」

「我離開倫敦之後就去了那裡。你知道我放棄醫學，轉而鑽研物理學吧？你不曉得？好吧，我轉換跑道了。光學一直令我很著迷。」

「啊！」

「光密度！這個主題塞滿了謎團——好像一個網絡，解答就在其中，難以捉摸、忽隱忽現。身為一個滿腔熱血的二十二歲人士，於是我說：『我會投注一生鑽研這個課題。這很值得。』你知道我們二十二歲時有多傻嗎？」

「當時傻，現在仍傻。」坎普說。

「好像光是『知道』就能滿足一個人哪！但我埋首工作——拚得像個奴隸。我全心研究、思索這個主題將近六個月，曙光才突然從網孔裡浮現——耀眼得令人盲目！我找到了色素與折射率的通用定理——一組公式，高達四次方的幾何學表達式。不管是愚民、普通人，還是當代數學家，絲毫不懂某個通用表達式對一位分子物理學學生有何意義。在我的書裡——那個流浪漢藏起來的書——寫滿了驚奇與奇蹟！可是這並非科學方法，而是個概念，或許能導出一個可行的科學方法，得以在考量所有實務目的下，將固體或流體的折射率降低到與空氣等同，並且不會改變物質的任何特性——除了在某些情況下會改變顏色。」

「哇！」坎普說，「眞奇怪！不過我還是搞不太懂……我懂你能靠那理論大賺一筆，可是讓一個人隱形完全是另一回事。」

「正是，」葛利芬說，「但是請想想，物體之所以可見，是因爲光線照射在可見物體上。物體要不是吸收光線，就是反射，或折射之，或者以上皆會。如果物體不反射、不折射也不吸收光，它本身就沒辦法被看見。舉例來說，你看得見一個不透明的紅箱，是因爲顏色吸收了光的一部分，並反射了其餘部分——即是紅光——到你眼裡。如果它沒有吸收任何光線，而是全部反射，你看到的就會是個明亮的白箱。比如銀子！鑽石箱大多數的表面不會吸收或反射太多光線，只在少數特定表面進行反射和折射，所以你會看見耀眼的反光與半透明光——有點像光的骨架。玻璃箱不會這麼亮，也不像鑽石箱那樣清晰可見，因爲反射率和折射率都更低。懂了嗎？你從特定角度能完全看透玻璃。有些玻璃比其他的顯眼，鉛玻璃就比一般的窗玻璃更亮。在很暗的光線下，很難看得見非常薄的普通玻璃，因爲它幾乎不吸收任何光線，反射與折射也很少。要是你把一片普通白玻璃放進水裡，甚至放進密度比水高的液體裡，玻璃就會完全消失，因爲光線從水進入玻璃時，幾乎不會產生任何折射、反射，或是各種影響。這時玻璃就跟空氣裡的一縷煤氣或氫氣一樣看不見了。原因就在這裡！」

「沒錯，」坎普說，「這樣解釋就相當好懂。」

「還有另一件事實，你也會發現是眞的，坎普。如果一片玻璃被打破、碎成粉末，它在空氣中就會變得顯眼許多；最後會化爲不透明的白粉。這是因爲粉末化過程令玻璃的表面數量倍增，使得折射和反射增加。一片玻璃板只有兩個平面；至於玻璃粉，光線每通過一粒碎片，就會產生反射和折射，只有極少量的光能眞的穿過去。但是，如果把玻璃粉放進水中，它一樣會消失。粉狀玻璃跟水有一樣的折射率——亦即，光在玻璃和水之間穿透時只有極少折射跟反射。你只要把玻璃擺進折射率相近的液體裡，就能讓玻璃隱形；一個半透明物體若放進折射率相近的介質中就會看不見。你只要想一秒鐘就會發現，若你把玻璃粉的折射率弄成跟空氣一樣，它就有可能在空氣中消失，因爲光線從玻璃穿進空氣時不會產生折射或反射。」

「對，對，」坎普說，「可是人不是玻璃粉呀！」

「沒錯，」葛利芬說，「但人比玻璃更透明！」

「胡說！」

「你聽，這話居然出自醫生之口！人們多麼健忘啊！僅僅十年你就已經忘光了所學的物理嗎？只要想想，有好多東西其實是透明的，只是看起來不是如此。比如說，紙是透明纖維構成的，它之所以是不透明的白色，原因跟玻璃粉一模一樣。如果將紙浸在油裡，油塡滿了顆粒之間的縫隙，使得表面以外的地方不再有折射或反射，白紙就會變得跟玻璃一樣透明。不只是紙，棉花纖維、亞麻纖維、羊毛纖維、木頭纖維，還有骨骼啊，坎普，血肉和頭髮，坎普，指甲跟神經，坎普，事實上整個人體全部是由無色透明組織構成的，只有血紅素和毛髮的黑色素除外。只要這麼一點點，就足以讓我們看見彼此了。一個活體生物的大部分身體，其不透明度不會勝過水呢。」

「老天爺！」坎普喊，「當然，當然了！我昨晚只有想到海中的幼蟲和水母！」

「這下你搞懂我啦！我離開倫敦的一年後——也就是六年前，這就是我腦中所知道的、所擁有的一切。但我沒告訴任何人，我得在極爲不利的環境下研究。我的教授奧利佛是個科學無賴，他有記者的本能，專門竊取別人的點子——他老是在打探我！你也曉得科學圈有多麼狡猾。我就是不想出版論文讓他掛名。我繼續鑽研，越來越接近把公式變成實驗、變成現實的那一刻。我沒對半個人透露，因爲我打算用我的成就震撼全世界，一舉成名。我在色素的問題上還有一些缺口，結果意外——不是特意——在生理學有了發現。」

「是什麼?」

「你知道血紅素吧,我能把它變成白色——無色——但保持跟現在完全一樣的功能!」

坎普不可置信地大叫一聲。

隱形人站起來,開始在小書房裡踱步。「你確實應該大叫。我記得那天晚上,當時夜已深——白天得應付傻呼呼、張口結舌的學生,所以我偶爾會工作到黎明。這美妙的點子突然在我腦中完整浮現。我當時獨自一人,實驗室一片寂靜,只有落地燈沉默地燒亮燈泡;我這輩子的偉大時刻都是獨自一人。『我可以把一隻動物——一份活體組織——變成透明!可以把它變隱形!除了色素以外——我能讓自己隱形!』我當時說,突然意識到自己身爲白子,擁有這種知識意味什麼。這念頭太難以抗拒了。我丟下正在做的濾光實驗,走到大窗戶前望著星空。『我能隱形!』我重複。

「爲了做到這件事,必須超越魔法才行。我也清楚意識到那個偉大願景,隱形對一個人有著什麼意義——神祕、權力、自由。我沒看到絲毫缺點。你想想就知道!我這個邋遢、一貧如洗、關在家裡的實驗者,只能在鄉間學院教些笨蛋,說不定能搖身一變成——這樣。我問你,坎普,如果是你……如果是任何人,會不會投身這項研究?我努力了三年,每攀過一座充滿難題的山頭，就看到後面還有另一座更高的。數不盡的細節哪！眞惱人哪！有個外地教授老是在打探，不停問我：『你什麼時候才要出版你的研究成果？』還有那些學生，以及綁手綁腳的實驗環境！我忍了整整三年——經過了三年的祕密研究和無盡的惱火，我發現我不可能完成研究了——不可能。」

「怎麼會？」坎普問。

「資金短缺。」隱形人說，再次走到窗前望著外頭。

然後他突然轉身。「我搶了一位老頭的錢——我父親。那筆錢不是他的，他拿槍自殺了。」

20 波特蘭大街的屋子

有好一陣子，坎普啞口無言地坐著，注視窗旁那無頭人影的背後。他想開口，卻突然浮現一個念頭，於是起身拉過隱形人的手臂，把他從窗外景色拉回來。

「你累了，」他說，「而且我坐著，你卻走來走去。我的椅子給你坐吧。」

他把自己擋在葛利芬和最近的窗戶之間。

葛利芬沉默地坐下，過了一會兒又突然繼續說起故事。

「事情發生時，」他說，「我已經離開雀西史道威的小屋，這是去年十二月的事。我在倫敦找了個住處，一間沒有家具的大房間，位在波特蘭大街貧民窟附近一棟管理不佳的宿舍。房間裡很快就擺滿儀器，全是用我父親的錢買的；研究持續進行，而且很成功，就快要完成了。我像個從灌木叢鑽出來的人，突然碰上一齣毫無意義的悲劇。我埋葬了我父親，但心思仍放在這個研究上，也沒做半點事來挽救他的名譽。我記得那場葬禮，廉價的靈車、貧乏的儀式，我記得颳著風、結滿霜的山坡，還有替他念禱文的大學老朋友——一個寒酸、駝背、穿黑衣的老頭，因感冒而渾身發抖。

「我記得自己是如何走回空空如也的屋子，心想這地方曾是個村莊，如今卻被偷工減料的建商敲敲打打、東補西湊，成了一座醜陋的城鎮。每條道路都通往一片遭褻瀆的田野，盡頭是碎石堆跟叢生的雜草。我記得自己是個枯瘦的黑衣人，沿著滑溜、溼亮的人行道走，也記得心裡有個奇怪的感覺，認爲自己跟這鎮上醜惡的體面感、下賤的商業主義毫無瓜葛。

「我一點也不替我父親難過。在我看來，他是死在自己愚蠢的多愁善感裡。領唱者要求我出席他的葬禮，可是這實在不關我的事。但當我走在高街（High Street），我過去的人生暫時回來了。因爲我碰見了十年前認識的一位女孩。我們目光交會。

「某個動力驅使我轉過去跟她講話。結果她是個極其平凡的人。

「造訪舊地的感覺就像場夢。我當時不覺得自己很孤獨，只覺得我脫離了世界，淪落到這淒涼的地方。我能意識到我喪失同情心，但我把這歸因於萬物的空洞感。等我重新踏進自己的房間，我就感覺現實恢復了。這些是我熟悉和熱愛的事物；科學儀器立在那兒，實驗都整理好等著我。更何況現在幾乎沒有阻礙了，只剩一些細節有待規劃。

「那些複雜的科學過程啊，坎普，我遲早會告訴你。我們現在不必討論這部分。除了我選擇記住的特定片段以外，大部分都用密碼寫在流浪漢藏起來的那些書上。我們必須找到他，我們得弄到這些書。但我可以說，實驗中最關鍵的階段是把物體放在兩個輻射中心之間，藉由某種乙太波來降低折射率。不，不是倫琴波──我不曉得這些波有沒有人發現過，但它們並不難懂。我弄來兩台小發電機，給它們接上一部廉價煤油引擎。我的第一次實驗是處理一小塊白羊毛布料。這眞是全天下最詭異的事哪，看著那塊布閃著微弱的白光，然後像一陣煙消失無蹤。

「我實在不敢相信我成功了。我把手放進那個空空的地方，發現布仍然擺在那兒。我笨拙地摸索著，然後把它丟到地板上。這下要找回來有點困難了。

「接著是個有趣的實驗。我聽見背後有東西『喵』了一聲，轉身發現是隻瘦白貓，髒得要命，站在窗外的貯水器蓋子上。我有了個想法。『都爲你準備好啦，』我說，走過去把窗戶打開，輕聲地呼喚牠。母貓呼嚕叫著跑進來──這可憐的東西餓壞了，所以我給牠一點牛奶。我所有食物都放在房間角落的櫥櫃裡。牠吃飽後在房裡到處聞，顯然打算把這裡當自個兒家。牠有點討厭那塊隱形布；你眞該看看牠怎麼吼它的！不過我讓牠舒舒服服睡在我那張矮床的枕頭上。我也用奶油哄牠，好幫牠洗澡。」

「然後你抓到牠了？」

「我抓到牠了。不過對一隻貓下藥有夠難的，坎普！而且實驗失敗了。」

「失敗了！」

「有兩個最主要的問題。一是爪子，二是那個叫什麼來著的色素體？——在貓眼睛後面。你知道是什麼嗎？」

「脈絡膜毯。」

「沒錯，脈絡膜毯。它沒有轉變。我給貓注射了血液漂白劑以及一些處理之後，就讓牠服下動物用鴉片，然後把牠跟牠睡覺的枕頭放到儀器底下。牠身上其他地方都褪色、消失了，只剩眼睛兩小片鬼魂般的殘影。」

---

1 倫琴波：指X光，由德國物理學家威廉・倫琴（Wilhelm Röntgen）於一八九五年底發現、命名。十九世紀末有好幾位人士（包括愛迪生）都發現了X光，但並未提出正式研究成果。倫琴是在研究陰極射線時偶然發現X光的；他當時擔心自己若觀察有誤，會影響他的教授聲譽，所以選擇祕密進行實驗。

「眞奇怪！」

「我找不到解釋。當然，貓已經包了繃帶，還用鉗子夾著，所以不會亂跑；但牠在腦袋含糊不清的時候醒過來，開始驚慌地喵喵叫，然後有人來敲門。是住樓下的老女人，她懷疑我在搞活體解剖——她只是個酗酒的老太婆，這天底下就只關心一隻白貓。我急忙拿一些氯仿來麻醉貓，然後應門。『我是不是聽到一隻貓的聲音？』她問，『是我的貓嗎？』我非常禮貌地回答：『這裡沒有。』她不太相信，試著越過我往房間裡面看；房內景象想當然讓她感到奇怪——空無一物的牆壁、沒窗簾的窗戶、矮床，有台發動的煤油引擎，輻射器嘶嘶作響，空氣中還隱約帶有刺鼻的氯仿味。不管她滿不滿意，最後也只得離開了。」

「隱形花了多久時間？」坎普問。

「三、四個小時——那隻貓。最後消失的是骨骼、肌腱和脂肪，以及有色毛髮的尖端。然後就像我說的，眼睛背後那頑固的虹彩組織，根本沒有隱形。

「這件事還沒結束。外面早就天黑了，那隻貓除了黯淡的眼睛跟爪子以外全都看不見。我關掉煤油引擎，摸索、撫摸那隻動物——牠還沒醒來。然後我累了，就讓牠在隱形枕頭上睡覺，我自己去床上躺。但我幾乎睡不著，我躺在那兒，無力又漫無目的想著事情，一遍又一遍思索實驗，還作了一些瘋狂的夢，夢裡周遭一切都模糊、消失，直到萬物跟我所站的地面都消逝而去，接著我開始墜落——那種噁心的夢魘。大約凌晨兩點鐘，貓開始在房裡四處喵喵叫。我試著跟牠講話要牠安靜，最後我決定放牠出去。我還記得我點燃火柴時嚇了一跳——只有那雙圓眼睛發著綠光，周圍什麼也沒有。我很想給牠牛奶，但我手邊沒有。貓不肯安靜，只是坐下來對著門叫。我試著要捉住牠，把牠從窗戶放出去，可是牠不肯就範，牠消失了。接著，房間各處傳來叫聲；最後，我打開窗戶，大費周章地追牠。我猜牠到頭來跑出去了。我再也沒看過牠的蹤影。

「然後——天曉得爲什麼——我又想到父親的葬禮，還有颳著風的陰鬱山坡，就這麼直到黎明。我發現沒法指望自己睡著，便鎖上背後的門，在早晨的街道上遊蕩。」

「難道你是說，有隻隱形貓在外面亂跑？」坎普說。

「假如牠沒被殺死，沒錯，」隱形人說，「有何不行？」

「有何不行？」坎普說，「我無意打岔。」

「牠很可能已經死了，」隱形人說，「我知道牠四天後還活著，跑到提奇菲爾德大街的某個人孔蓋下面。因爲我看到一群人圍在那裡，想找到貓叫聲到底從哪傳來。」

隱形人沉默了將近一分鐘。然後他突然接下去：

「發生轉變之前的那個早上，我記得非常清楚。我一定是沿著波特蘭大街走；我記得阿爾巴尼街的軍營，騎馬的士兵從那兒出來，最後我來到櫻草丘頂上。那是一月的晴朗日子——那種今年下雪前曾有的陽光普照、寒意十足的日子。我疲累的腦袋試著提出立場，建構一個行動計畫。

「我訝異地發現，如今我的獎賞近在咫尺，但是它的成果多麼沒有說服力啊。其實我早就想通了，將近四年連續不斷的工作壓力，剝奪了我感受任何情緒的能力。我麻木了，即便試著找回初次做研究的熱衷也是徒勞無功，當初就是那股發現眞相的熱情讓我能應付一切，包括我父親日益掉落的灰髮。現在什麼都不重要了。我非常清楚這只是過渡情緒，肇因於工作過量和需要睡眠，而且只要服用藥物或休息就可以恢復精力了。

「我滿腦子只想著，這件事非堅持下去不可；這個理念始終不變，依然控制著我。而且我得快點，因爲我手頭的錢已幾乎用盡。我環顧四周的山坡，有孩童在玩耍，還有女孩子顧著他們，我也試著思考，當個隱形人在這世上會有多少神奇的好處。之後，我慢慢回到家，吃了點東西，還打了一劑強力番木鱉鹼[2]，沒換下衣服就睡倒在沒整理的床上。番木鱉鹼眞是偉大的滋養劑啊，坎普，能消除一個人的軟弱無力。」

「那是惡魔，」坎普說，「裝在瓶裡的原始魔鬼。」

「我醒來時活力充沛，甚至有點煩躁，你知道吧？」

「我懂。」

「有人敲門。是我的房東，一個波蘭老猶太人，穿著灰色長大衣和油膩拖鞋，滿口威脅跟質問。他咬定我昨晚在虐待一隻貓——那個老太婆跟他講個沒完。他堅持要知道是怎麼回事。這國家的反活體解剖法律非常嚴厲——他說不定會連帶受罰。我否認貓的事。他說，整棟屋子都能感受到那台小煤油引擎的震動；這點自然不假。他繞過我，走進房間，用他那副德國製的銀眼鏡四處端詳。我突然很害怕，他會不會拿走我的祕密？我試著擋在他跟那台聚焦裝置之間，但這只讓他更加好奇。我之前在幹嘛？我爲何總是一個人神祕兮兮的？這合法嗎？這危險嗎？何況我只付了一般房租，他的公寓在這個破舊社區向來是最體面的。我突然脾氣失控，要他滾出去。他開始抗議，喋喋不休地說他有權進來。下一刻

2番木鱉鹼：一種劇毒，在十九世紀末、二十世紀初被當成增強體力的藥物及娛樂性用藥。

我抓住他的領子；有個東西撕破了，他搖搖晃晃地摔進走廊。我把門摔上，鎖起來，然後坐下來發抖。

「房東在門外繼續鬧，我置之不理。一陣子後他就走了。

「可是這也讓事情陷入危機。我不曉得他會怎麼做，更不曉得他有何等權力。搬到新公寓就代表延誤；只是我在這世界上的財產已經剩不到二十鎊，大部分還放在銀行裡，我負擔不起搬家。那麼讓自己消失呢？這念頭太撩人了。但是緊接著就會有人來調查，在我的房間翻箱倒櫃。

「一想到我的研究有可能在最高峰時被揭發或打斷，我就變得非常激動、憤怒。我匆匆帶著三本筆記和支票簿——現在都在流浪漢手中——然後去最近的郵局把它們寄到波特蘭大街一間讓人收取郵件跟包裹的旅店。我偷偷溜出去，回來時我發現房東正靜悄悄地走上樓。我猜他聽見了關門聲吧。我撲向他，要是你看到他怎麼在樓梯平台上跳開，一定會哈哈大笑！他看著我衝過他身邊，我摔上門，整棟屋子隨之震動。我聽到他蹣跚地走到我那層樓，猶豫片刻，然後又下樓去。我立刻著手做準備。

「到那天傍晚，一切都完成了。正當我坐在那裡承受著血液褪色藥物的噁心昏沉效果時，有人在外頭不斷敲門。接著敲門聲停了，腳步聲離開又走回來，又繼續敲。某個東西從門底塞進來——一張藍紙。我突然怒氣發作，起身過去一把打開門。『現在又是怎樣？』我說。

「門外是我的房東，拿了張驅離通知之類的東西。他把單子遞給我，我想他發現我的雙手不對勁，就抬起眼睛看我的臉。

「他目瞪口呆了好一陣子，接著口齒不清地大叫一聲，扔下了蠟燭跟文件，跌跌撞撞地跑過漆黑走廊往樓梯而去。我關上門並鎖好，走到鏡子前面，這才意識到他為何嚇壞……我的臉是全白的——像白石子一樣。

「轉變過程實在是壞透了。我沒料到會那麼痛苦。我整晚承受著椎心刺骨的痛楚，不斷反胃、昏厥。我咬緊牙關，皮膚彷彿著了火，全身都彷彿燒了起來；不過我依然躺在那兒，像個死神一樣。這下我懂了，貓當時為何嚎叫不停，直到我用氯仿麻醉為止。幸好我一個人住，沒人管我。我有時啜泣、呻吟，有時自言自語，但我堅持撐下去……我不省人事，茫然地在黑暗中醒來。

「劇痛退去了。我以為自己要死了，但我壓根就不在意。我這輩子絕不會忘記那個早晨，還有我感受到的詭異驚恐，看著我的雙手變得像霧化的玻璃，隨著時間過去越來越透明、稀薄，直到我能穿越雙手以及闔上的透明眼皮看見我凌亂的房間。我的四肢變得像玻璃，骨骼與肌腱褪色、消失，最後是白色神經不見。我一路咬牙撐到最後；到頭來只有指甲尖端蒼白的死皮仍留著，還有手指上沾到的棕色汙漬。

「我使盡全力爬起來。剛開始我跟包著尿布的娃兒一樣手無縛雞之力——我用看不見的四肢爬行，身體虛弱，飢腸轆轆。我盯著刮鬍鏡，卻什麼也沒看見，除了我視網膜後面殘留的細細一條色素，比霧氣還淡。我得靠在桌上，把我的額頭緊緊貼在玻璃前才看得見那玩意。

「我憑著近乎發狂的意志力，才把自己拖回儀器旁邊，讓隱形過程完成。

「我睡了整個上午，把被單拉到眼睛上遮住光線，大約中午時，又被敲門聲弄醒。這時我的力氣恢復了，便坐起來，聽到有人低語。我跳起來，盡可能用最小的聲音解開儀器線路，然後把它分散到房間各處，抹去儀器的架設方式。這時敲門聲又開始了，還有人喊聲叫喚，先是我的房東，然後是另外兩人。為了爭取時間，我回應他們；我摸到隱形布和隱形枕頭，打開窗子把它們丟到貯水器蓋子上。我開窗時，房門傳來沉重的撞擊聲——有人在撞門，打算破壞門鎖。但我幾天前才用螺絲鎖上的門閂牢牢地擋住了。這實在是惹惱我了，我氣得發抖，趕緊加快腳步。

「我把一些零散紙張、稻草和包裝紙等等東西丟到房間中央，然後打開煤油管。眾人開始用力拍門，我找不到火柴點火，氣得用手捶牆壁；我又把煤油管關上，然後爬到窗外的貯水器蓋子上，非常輕地放下窗框，安安穩穩坐下看著事情發展，我完全隱形，但又怒得渾身顫抖。我看見他們打破鑲板，扯開門閂鉤環，站在打開的房門口。是房東和他那兩個繼子，二十三、四歲的健壯年輕人。樓下那位老太婆站在他們背後，焦慮不安。

「你可以想像，他們發現房間空無一人時有多麼驚訝。其中一個年輕人立刻衝到窗邊，掀起窗子往外看。他那四處張望的眼、長了肥唇的嘴，以及長滿鬍子的臉，離我的臉就只有三十公分。我有點想痛毆這張蠢呼呼的臉，但我克制住兩個拳頭。他直接穿過我望著後方；其他人也來了，都是一樣的動作。老人去看了看床底下，然後他們全跑向櫥櫃，花了好一陣子用意第緒語跟倫敦東區方言爭論。最後他們做出結論，認爲剛才出聲回應的不是我，只是他們的想像力作祟罷了。當我坐在那兒，看這四個人試圖搞懂我有如謎一般的行爲時——那個老太太也進來，像隻貓似的打量四周——我的怒氣就被興高采烈的驚奇感取代了。

「就我對他口中方言的理解，那個老頭同意老太太的看法——我是個活體解剖者。他的兒子們用雜亂的英語抗議，說我是個電學家，喜歡發電機和輻射器。他們都很擔心我會突然出現，不過我事後發現他們鎖上了大門。老太太查看櫥櫃裡面和床底下，一個年輕人推開氣門，從煙囪往上看。我對面的房間住了另外兩位房客，蔬果販跟屠夫，這時蔬果販剛好走上樓梯平台，其他人於是叫他過去，跟他講起一些毫無邏輯的話。

「我想到，要是輻射器落入學識淵博的人手中，就會讓我露出太多馬腳。於是我抓準時機溜進房間，把小發電機推倒，砸碎了那兩件輻射器。趁他們試著解釋東西爲何會砸破時，我趕緊溜出房間，靜悄悄地下樓。

「我進入其中一間會客室等他們下樓。他們還在揣測、爭吵，因找不到『駭人聽聞』的解釋而有點失望，也不太清楚要如何合法地對付我。我帶著一盒火柴再次溜上樓，點燃了那疊紙張跟垃圾，並把椅子和被單放在旁邊，用一條橡膠管導入煤油。最後，我跟這房間道別，永永遠遠地離開了它。」

「你放火燒了屋子！」坎普驚喊。

「沒錯，我燒了屋子。這是掩護行蹤的唯一辦法——反正公寓一定有保險。我輕輕抽開前門的門閂，跑到街上。我隱形了，正開始意識到我的能力帶來多大的優勢。我的腦袋已經裝滿計畫，全是最瘋狂、最神奇的事，我如今做了也不會受懲罰。」

21 牛津街

「我第一次下樓時，遇上了意想不到的困難，因爲我看不見自己的腳，還踩空了兩次；握著扶手時也不習慣手指，動作很笨拙。不過我發現，只要別低頭看，就能走得下去。

「我會用欣喜不已來形容我的心情，感覺就像個看得見的人，靠著放輕的腳步和無聲的衣服走在盲人的城市裡。我有股強大的衝動想惡作劇，嚇路人、拍他們的肩膀、掀掉他們的帽子，我想要用這不可思議的特長狂歡一番。

「但是我幾乎還沒走出波特蘭大街（我的住處靠近那裡一間大布料商店），就聽見砰的一聲震響，並且從背後被人狠狠撞上。我轉身看見有個男人抱著一籃子蘇打水瓶，一臉訝異地盯著手上的東西。對方的撞擊雖然沒傷到我，但那人的震驚神情裡有某種東西令我無法抗拒，我不禁哈哈大笑。『惡魔在籃子裡！』我說，突然把籃子從他手中扭掉。他克制不住地放手，我把整籃重擔甩到空中。

「但有個蠢蛋馬車伕站在一間旅店外目睹了經過，他突然衝來，伸出手指剛好戳到我的耳朵，害我痛得要命，我把籃子砸到他身上；等到四周的人都在吼叫、奔跑，人們從店裡衝出來，路邊車輛也紛紛停下來時，我才意識到自己幹了什麼好事。我咒罵自己的愚蠢，並靠到一扇商店窗戶上，準備趁亂逃走，否則再過一下子我就會被擠進人群中，不可避免地會被發現。我推開一個屠夫學徒，幸好他沒轉頭，不然就會發現根本沒人；我鑽到那位馬車伕的四輪馬車後面。我不曉得他們是怎麼擺平整件事的，我匆匆跑到街道對面，那裡空得很，我幾乎沒留意自己往哪兒去，因爲我害怕這場騷動會害我被發現，等我回過神來，已經一頭衝進了牛津街的午後人群。

「我試著融入人潮，但人群太密集，沒多久就有人踩到我腳跟。我改走水溝，粗糙的地面讓我腳掌發痛；一輛緩慢前進的雙座小馬車的車軸硬生生撞到我肩胛骨底下，我才發現自己早已渾身瘀傷。我跌跌撞撞地躲開馬車，又避開一輛忽走忽停的嬰兒車，最後停在一輛雙座馬車後面。一個快樂的念頭救了我一命，馬車緩緩開走時，我就緊跟在後。我的冒險突然變了調，我渾身發抖，震驚不已——豈止是發抖，根本是打著寒顫。這天是一月的晴天，我全身上下光溜溜，路面的泥濘也冰冷無比。現在想想眞是蠢，我那時沒想到，不管我有沒有隱形，都得承受氣候及其後果。

「接著我突然靈機一動，繞過馬車鑽了進去，就這樣慢慢搭車穿過牛津街，又經過托登罕宮路，發著抖、擔心受怕、因出現感冒症狀而吸著鼻子，背上的瘀傷也越來越引起我的注意。你可以想像，我的心情跟十分鐘前剛出發時截然不同。確實啊，隱形！當時我唯一的念頭，就是如何擺脫自己置身的這種困境。

「我們慢慢經過穆迪圖書館¹，有個高大女人抱著五、六本黃色標籤的書，伸手招了這輛馬車，我剛好在她上車前逃了出來，還鑽過了一節馬車車廂。我匆匆沿著車道前往布隆伯利廣場，打算往北穿過大英博物館，躲到更安靜的城區。我冷得要命，奇異的處境也令我過於不安，忍不住邊跑邊啜泣。來到廣場北邊角落時，有隻小白狗從藥師協會的辦公室跑出來，低著頭直直衝向我。

「我之前從沒想到，鼻子對狗來說就像眼睛對眼明之人一樣；狗能聞到人的動作，一如人眼能看見。那隻畜牲開始吠叫，跳來跳去，非常清楚地對我展示——至少我是這樣感覺——牠知道我的存在。我穿過羅素大街，邊走邊回頭望，然後沿著蒙塔古街走了一段，才意識到我正在靠近什麼東西。

「我察覺到一陣刺耳音樂，順著街看去，發現有一群穿紅襯衫的人走出羅素廣場，前頭舉著救世軍[2]旗幟。好大一群人哪，在車道上吟唱、在人行道出言嘲弄，我根本不能指望穿得過去，也不敢回頭走得離家更遠。最後我心血來潮，跑上博物館對面一間屋子的白色台階，站在那兒等人群通過。幸好那隻狗也被樂隊的聲響擋下來了，猶豫片刻後就夾著尾巴逃回布隆伯利廣場。

「樂隊過來時，正不自覺諷刺地大聲唱著『我們何時能看見祂的臉？』這句讚美詩，無止盡的人潮不斷流過我身旁的人行道，似乎沒完沒了。鼓聲咚、咚、咚地發出令人顫動的共振，我當下竟沒注意到兩個小頑童就停在我旁邊的欄杆。『你看。』其中一個說。『看啥？』另一個說。『腳印呀——光腳的腳印。就像你踩在泥裡會有的那種。』

---

1 穆迪圖書館：英國知名的書籍出租店。由出版商查爾斯·艾德華·穆迪（Charles Edward Mudie）於一八四〇年開設，讓無力負擔昂貴小說的維多利亞時代中產階級也能閱讀，帶來了極大文化影響。其事業後來蒸蒸日上，總部就位於新牛津街（牛津街東方的延伸段），並在英國數個城市開設分部。穆迪圖書館在一九三〇年代隨著公立圖書館的出現而沒落。

2 救世軍（Salvation Army）：成立於一八六五年，採軍隊架構的慈善與社會服務基督教組織。

「我低頭，看見孩子們停下來，正目瞪口呆地盯著我在剛刷白的台階所留下的泥印。經過的人群推擠著他們，但他們困惑的腦袋被吸引住了。『咚、咚、咚，我們、何時、能看見、祂的臉，咚、咚、咚。』『跟你賭有個光腳的人跑上台階了，不然我就是笨蛋，』一個孩子說。『而且他根本沒下來。他的腳還在流血。』

「這時大部分人群已經通過。『你看這邊，泰迪，』比較年輕的小偵探說，嗓音帶有強烈的驚訝，他直指著我的雙腳。我低頭，馬上就看見泥汙隱約地勾勒出腳的輪廓。我愣在原地好一陣子。

「『哇，真奇怪，』較年長的那位說，『見鬼的真怪！看起來就像一隻腳的鬼影，對不對？』他猶豫一下，然後伸出一隻手靠近。一旁有個男人停下來看他想抓什麼，有個女孩也是。孩子馬上就要碰到我，我想到了辦法。我踏出一步，那男孩也驚叫一聲向後退。我迅速翻身，爬進隔壁屋子的門廊，較小那位的眼力夠好，跟上了我的動作，我還沒跑下台階到人行道上，那孩子就已經從震驚中恢復過來，吼著說那雙腳翻過牆了。

「他們趕過來，看見我的新腳印出現在較低的台階和人行道上。『怎麼回事？』某人問，『看，有腳！有雙腳在跑！』

「路上的所有人，除了三位追著我的人以外，都在跟著救世軍走，所以這場騷動不僅妨礙到我，也礙到了他們。現場產生渦流般的驚訝跟詢問，我撞倒了一個年輕人才好不容易穿過人群；下一刻我猛力跑向羅素廣場圓環，背後有六、七個驚訝的人跟著我的腳印。我沒時間解釋，不然整群人都會追上來。

「我兩度回頭繞過街角、三次跨越道路，接著回到我原本的路上。我的腳開始變熱、變乾，溼印子也就慢慢消失了。我終於有了喘息空間，用兩隻手把腳抹乾淨，才得以全身而退。我最後看見的，是追來的一小群人——大概十來個——以說不盡的困惑打量一個緩緩乾掉的腳印，那是我踩到塔維斯托克廣場一個水灘後留下的。對這群人來說，這個腳印就好像魯賓遜漂流到荒島的大發現一樣，既孤立又深奧難懂。

「這段奔跑使我的身子暖了，也更有勇氣了，我穿過附近行人較少、有如迷宮的街道。背部開始變僵硬，痠痛無比；喉頭被那位馬車伕戳得很痛，脖子的皮膚也被他的指甲刮傷。我的腳疼痛難忍，一隻腳還割傷了，走起路來一跛一跛。這時我看見一位盲人朝我走來，便趕緊跛著逃開，深怕被對方的敏銳聽力察覺。我撞上路人一兩次，他們都震驚不已，耳裡還迴盪著不知哪邊傳來的咒罵。接著，某個安靜、沉寂的東西落到我臉上，整個廣場下起了一陣緩緩掉落的雪花。我已經感冒，所以偶爾會沒法克制地打噴嚏，因此我遇到的每隻狗都成了威脅，牠們會把鼻子對著我，好奇嗅嗅。

「一名男人與幾個男孩跑過來，一個接一個，邊跑邊嚷叫。有火災。他們是從我的公寓方向跑來的。我順著街道回頭看，瞧見屋頂跟電話線上方竄出陣陣黑煙。是我的公寓失火；我的衣服、儀器、甚至所有物資都在那裡，除了我的支票簿和三本備忘錄在波特蘭大街等著我。全燒了！我燒掉了自己的退路——千眞萬確！那地方陷入了熊熊烈火。」

隱形人停下來，陷入思緒。坎普緊張地瞥看窗外。

「然後呢？」他說，「繼續呀。」

22 百貨商場

「那是一月，一場暴風雪正要在我身邊颳起來——要是雪落到身上，就會暴露我的行蹤！——疲憊不堪、渾身發寒又疼痛、悲慘到極點，且仍然對隱形能力半信半疑的我，展開了一段毅然投入的新人生。我沒有庇護所，手邊沒有設備，在這世上沒半個人能傾吐。畢竟，要是我對人訴說祕密，就會出賣自己的眞面目——我會淪爲馬戲團裡的珍奇異獸。儘管如此，我那時還眞有點想找個路人投靠，任由他處置；但我太了解，我的發現會引發何等恐慌與冷酷的殘忍行徑。我在街上不知如何是好，唯一的目標就是找個地方躲雪，遮蔽身子跟取暖，或許就能擬定出什麼計畫。但倫敦的一排排屋子都已緊閉大門，連我這個隱形人也不得而入。

「我只能清楚看見一種前景：暴露在風雪裡，還有夜晚的天寒地凍與不幸當中。

「接著我靈機一動，穿過街道，從高爾街走到托特納姆宮路，來到萬象百貨外面，這裡什麼都買得到。你也知道這地方：肉類、雜貨、亞麻、家具、衣物，甚至油畫——不是單單一間店，而是一整排的各式商店。我以爲門會開著，沒想到關起來了。正當我站在寬敞的門口時，有輛馬車停在門外，一位穿著制服的人——你知道，就是那種帽子上寫著『萬象』的員工——把門用力推開。我趁機溜進去，並順著店面走——這個部門專賣緞帶、手套、褲襪之類的物品——然後來到一個比較寬敞的部門，放了野餐籃子跟藤條家具。

「這裡沒法讓我感到安全，因爲人們來來去去，我也坐立不安地四處徘徊，直到在樓上發現一塊大區域，放著大量床架。我爬上這些東西，最後在一大疊摺好的棉絮床墊裡找到棲身之處。這地方已經點了燈，十分暖和，所以我決定待在這兒，緊盯著兩三組在這兒閒晃的店員與顧客，直到打烊。我當時心想，這樣一來就能拿走這裡的食物和衣服，僞裝起來四處潛行，看看商場內有什麼資源，說不定還能找張床睡覺。這計畫似乎還過得去。我打算找件衣服，打扮成密不通風、但尚可接受的外型，再弄到一點錢，把我的書跟支票簿拿回來，最後找個落腳處從長計議，思考要如何徹底發揮我的隱形能力（我那時還在想像），對我的同胞擁有何等優勢。

「打烊時間很快就到了。我躲在床墊不到一個小時，就注意到窗簾都拉起來了，顧客也被趕往出口。一群手腳俐落的年輕人開始有條不紊地整理弄亂的商品。我等到人群散去後才離開巢穴，小心翼翼潛入店裡沒那麼荒涼的地方。我很訝異地看見，那些年輕男女以多麼快的速度收走了當日展示出售的商品：所有裝著商品的箱子、垂掛的布料、蕾絲花綵結、雜貨區裝盒的甜點、各種東西的展示物，都被收下去、摺起來、塞入整齊的容器，至於拿不下來和無法收起來的物品，就蓋上粗糙麻布之類的罩子。最後，所有椅子都腳朝上地架在櫃檯，地板轉眼間就淨空了。這些年輕男女一幹完活，就立刻往大門走去，擺出我很少在商店助理臉上見到的眉飛色舞神情。接著出現很多小孩，他們在地上撒木屑，帶著桶子跟掃帚。我不得不躲開他們，結果腳踝被木屑刺到。我在蓋上麻布、黑暗無光的各個部門晃了一段時間，聽見掃把在掃地。最後，距商場打烊一個小時之後才傳來鎖門聲，這地方陷入寂靜，我發現自己獨自走在廣大又錯綜複雜的商店、畫廊，和展示間裡。四下毫無動靜，我記得經過了靠近托特納姆宮路的入口，聽到路過行人的鞋跟噠、噠、噠地敲著人行道。

「我造訪的第一站是賣褲襪與手套的地方。當時太黑了，我找火柴找得好辛苦，才終於在小小收銀台的抽屜裡翻到；我還得弄到一支蠟燭才行。我掀掉幾張蓋布，開始翻箱倒櫃，終於找到我需要的東西——標示著羊毛褲和羊毛背心的箱子。再來是襪子、一條厚毛織圍巾，然後我去服飾部門弄來了長褲、一件西裝外套、一件大衣，和一頂寬邊軟呢帽——就是那種神職人員的帽子，帽沿往下垂。我又開始感覺像個人了，接著腦袋想到食物。

「樓上是小吃部，我在那裡找到冷食。咖啡壺裡仍有咖啡，所以我點燃瓦斯加熱它，整體來說我的技術也不壞。事後，我到處尋找床單——最後不得不改用一疊鵝毛羽絨被——然後我來到雜貨區，這裡有很多巧克力與蜜餞，多到我吃不完，我還喝了點勃艮地白酒。旁邊是玩具部，一個絕妙點子閃過腦海。我找到一些人造鼻子——你知道吧，假鼻子道具；我還想找副暗色眼鏡，只是萬象百貨沒有鏡片部門。我的鼻子確實是個大問題，我當時考慮要塗上油漆，但發現不如找頂假髮或面具之類的來戴。最後，我就躺上那疊鵝毛被睡覺，又暖又舒服。

「我入睡前浮現的最後念頭，是隱形以來最宜人的。我處於生理上的平靜，這也反映在我的心理上。我以為穿著這身衣服，到早上就能不受注意地溜出去；屆時我會拿些白色包裝紙遮住臉，再用偷來的錢買眼鏡，好完成我的偽裝。我沉入雜亂的夢境，全是過去幾天發生在我身上的奇異事件。我夢見那個醜陋的矮個子猶太房東在房間裡吶喊，他的兩個兒子驚訝不已，還有那位找貓的老太太滿是皺紋又粗糙的臉龐。我又一次經歷目睹布料消失的詭異感受，然後繞過颳風的山丘，靠近那位嗅著鼻子的神職人員，聽他對著我父親之墳喃喃念著：『塵歸塵，土歸土』。

「『你也是。』有個聲音說。突然我被推向墳墓，我掙扎、大喊，對送葬者苦苦哀求，但他們只是冷酷地繼續儀式，那位老神職人員在儀式中從未停止他的單調低語，還不斷吸著鼻子。我意識到自己已經隱形，也沒了聲音，還被一股勢不可擋的力量牢牢抓住。我的掙扎只是枉然，接著就被硬生生推下坑邊，撞上棺材時響起了空洞的一聲「咚」；碎石子一鏟一鏟落到我身上，沒人聽見我出聲，沒人理會我，沒人察覺到我存在。我掙扎，全身痙攣，最後我醒來了。

「蒼白的倫敦晨光已經降臨，商場裡充斥著寒冷的灰光，繞過窗簾邊緣滲進來。我坐起來，好一陣子想不起來這間充滿著櫃檯、一疊一疊捲起的貨物，以及成堆鵝毛被與墊子的寬敞公寓究竟是什麼地方。接著，當我好不容易回憶起來，便聽見有人正在交談。

「在遠處，窗簾已經拉開的幾個部門那邊，我看見兩個人靠近。我連忙爬起來，環顧四周想找路逃跑，但移動的聲響已經讓他們注意到我。我猜他們只看到一個安靜、迅速的人影吧。『是誰？』一人喊。『站住！』另一人喊。我飛快繞過轉角，結果直接撞上一個高瘦的十五歲孩子——你要記住，我這時還是個沒臉的人影。男孩大叫，我撞倒了他，趕緊繞過他身邊，往另一個轉角去；我腦袋靈光一閃，決定躲在一個櫃檯後面。下一刻，人們的腳跑過去，我聽見嗓音喊著『所有人去守著門！』有人問『怎麼回事』，彼此指示著該如何逮到我。

「我趴在地上，嚇得六神無主。不過——乍看之下很怪——我當時並沒有想到應該要脫下衣服。我想自己已經打定主意要穿著衣服離開，所以沒想到其他辦法。就在這時，櫃檯遠處有人大喊：『他在這邊！』

「我跳起來，從櫃檯抄起一張椅子扔出去，它打轉著、撞上出聲的那蠢蛋；接著我轉過身，碰上另一位繞過轉角的人，我把他撞得踉蹌，然後衝上樓梯。那人站穩腳步，大叫一聲：『喂！』緊跟在我背後跑上樓梯。樓梯上堆著一大堆顏色鮮豔的陶罐——那個叫什麼來著？」

「陶藝品。」坎普說。

「就是那個！陶藝品。反正，我在樓梯頂端轉身，從那堆陶罐裡抓起一個，趁那人靠近我時朝他的蠢腦袋砸下去。整疊陶罐跟著掉落，我聽見四面八方都傳來喊叫和奔跑聲。我發狂地衝向小吃部，那邊有個穿白衣、像廚師的男人也加入追逐。我絕望地拐了最後一次彎，結果發現自己置身在燈具和五金器具當中。我躲到這間店的櫃檯後面，等著這位廚師出現；他一馬當先衝進來，我拿起一盞燈打中他肚子，讓他痛得倒地，然後我蹲在櫃檯後面，開始用最快速度脫掉身上的衣服。大衣、外套、長褲，與鞋子都還算好脫，但羊毛背心太緊身了，簡直像是第二層皮膚。我聽見更多人往這邊靠近，廚師安靜地躺在櫃檯另一邊，不是暈過去就是嚇得不敢出聲。我得再次逃命，像隻被獵人趕出木柴堆的兔子。

「『往這邊，警察！』我聽見有人喊，再次發現自己來到床架儲藏室，就在一片茫茫衣櫥海的邊緣。我穿過櫥櫃，趴到地上，花了永恆的時間才扭著脫下背心；恢復自由之身的我站了起來，喘得要命，還嚇得魂不附體。這時警察與三名店員繞過轉角，衝向地上的背心與褲子，他們撈起長褲。『他把搶來的東西都扔了，』一位年輕人說，『他一定躲在這裡的某處。』

「不過他們找不到我。

「我站在那兒看他們四處找我，詛咒自己實在倒楣，到手的衣服又飛了。然後我回去小吃部，喝了點在那邊找到的牛奶，並坐在壁爐邊思考自己的處境。

「一會兒後，兩名助理進來，激動地討論起生意來，就像兩個蠢蛋。我聽見他們誇大其辭地提到我搞的破壞，以及關於我去向的種種揣測。我再次動腦想計畫；目前的難題在於，想偷走這裡的任何東西是絕不可能的，尤其人們已經有了警戒。我下樓到倉庫，看看有沒有辦法打包，把包裹寄到別的地址，但我搞不懂對帳系統。大約十一點鐘時，降雪已經融化，這天的天氣比前一天好，暖和了許多，於是我認定百貨商場已經不值得指望。我跑出去，對自己渴求成功的欲望感到惱火，腦子裡對未來只有含糊的盤算。」

23 德魯里巷

「不過想必你已經發現到，」隱形人說，「我的狀況有什麼不利條件。我無處棲身，沒有地方遮風蔽雨；假如穿上衣服，就等於是放棄我所有的優勢，還會把我變成詭異又恐怖的東西。我得禁食，畢竟若在肚子裡塡入未消化的物質，就會使我以醜怪的形貌再次現身。」

「我從沒想過這點。」坎普說。

「我也是。下雪也提醒了其他危險——我不能在雪中外出，雪會落在身上，害我暴露行蹤。雨水同樣會在我身邊產生水流的輪廓，變成一個濕亮表面的人形——像個泡泡。還有霧氣，我在霧裡會化為更黯淡的泡泡，一層表皮，一個滑溜溜、隱約可見的人。甚至，只要我外出——沉浸在倫敦的空氣裡——腳踝就會沾上泥土，皮膚會黏到漂浮的塵汙[1]。我不曉得

1 倫敦空氣的懸浮微粒（PM10）在一八九〇年前後達到最高峰，大約每立方公尺六百二十微克，遠超過台灣環保署的「紫爆」等級。導致當時每十萬人中就有三百五十人死於支氣管炎。

這會讓我多久之後重新現形。但我很清楚，時間不會太久。

「無論如何，在倫敦是撐不久的。

「我去了波特蘭大街附近的貧民窟，發現自己來到宿舍那條街的盡頭。我沒往宿舍去，因爲在我用一把火燒掉、還冒著煙的屋子殘骸那裡聚集了人群，擠滿半條街。我當下最急迫的問題是找衣服穿，但我想不出來該怎麼遮掩自己的臉。我看到一間小店，就在那裡五花八門的店家當中——賣報紙、甜點、玩具、文具、過時的聖誕節蠢玩意等等——那間店賣的是各式面具與玩具鼻子。我立刻想到辦法，問題迎刃而解。我轉身，不再漫無目的地閒晃，而是走到河岸街北邊的後巷——我當然繞了個大圈，好避開忙碌街道。因爲我記得那一帶有幾間戲服商店，只是我不太記得確切位置。

「這天很冷，刺骨寒風沿著往北的街吹來。我走得很快，以免被路人超過。每個路口都充滿危險，每位路人都是得提防的對象。我在貝德福路頂端正要經過一個人時，他突然轉身往我的方向來，撞上了我，害得我摔到路上，差點遭一輛經過的小馬車車輪輾過；招呼站的人還以爲那人突然中風了。這場遭遇讓我驚嚇不已，我不得不走進柯芬園市集，在一個紫羅蘭攤位旁的安靜角落好好坐下來，邊喘邊發抖。我發現自己得了流行性感冒，所以待一下子就必須離開，以免我打噴嚏引來注意。

「最後我抵達目的地，德魯里巷附近小徑裡一間骯髒、蒼蠅飛舞的小店，櫥窗裡擺滿了貼著金屬箔的長袍、假珠寶、假髮、拖鞋、化裝舞會面具、劇院照片。這間店風格老舊，又矮又暗，屋子樓上四層也同樣幽暗陰沉。我越過窗戶往裡頭看，發現沒人，便走進去。門打開時，門鈴叮噹作響。我讓門開著，然後繞過一個空的戲服架，走到一面穿衣鏡後的角落。一分鐘左右過後仍然沒人出現；但接著我聽見沉重腳步聲大步穿過房間，有個人出現在店裡。

「此刻我的計畫相當明確：我打算鑽進屋子，偷偷溜上樓等待機會，在周遭歸於寂靜後翻出假髮、面具、眼鏡和戲服，然後重返世界。模樣也許會很古怪，但仍然像個真人。順帶一提，我當然也能搶走這屋子裡找得到的錢。

「踏進店裡的男人又矮又瘦，駝背，眉毛很粗，有雙長長的手跟非常短的外八腿。顯然我打擾了他的用餐；他環顧店裡，露出一副期待神情，發現店裡沒人之後，就變成了訝異和憤怒。『那些該死的小鬼！』他說，走到門外打量街道兩端，一分鐘後他回來了，憤憤地把門踢上，便喃喃自語走回自家門。

「我跟上他，但移動的聲響讓他停下來。我也止步，被他的敏銳聽力嚇了一跳。他當著我的面摔上家門。

「我站在那兒猶豫，接著突然聽見他的快速腳步聲走回來，門也再次打開。他站著打量店內，好像仍不滿意似的。他查看櫃檯後面，又往幾件家居設備後面瞧，一臉狐疑地站在原地。他沒關家門，於是我溜進了裡面的房間。

「這是個很怪的小房間，家具很少，角落擺了一些大面具，桌上放著他遲來的早餐。而且你知道吧，坎普，要我站在一旁聞著他的咖啡，然後看他回來繼續用餐，眞是快氣死人！更何況他的餐桌禮儀太惱人了。這個小房間有三道門，一個通往樓上，一個往樓下，但全都關著。他在這裡時，我就不能離開房間；既然他警覺性高，我也幾乎不能動，有一股冷風吹到我背上，我兩度想打噴嚏，幸好及時忍住。

「隱形後我承受的驚奇感受實在太古怪、太新奇，但就算有這麼多刺激，我在這人吃完飯前早就累到骨子裡，而且怒不可遏。他終於吃完，把那乞丐般的陶碗放到發黑的錫盤上，茶壺也放在上頭；他用沾著芥末的桌巾把食物碎屑掃起來，再把整盤東西端走。他手上拿著東西，沒法像平常那樣關門——我從沒看過有人會在這種時候關門。我跟著他走進骯髒無比的地下廚房與食物儲藏室。我很高興看到他開始洗碗盤，但在下面我找不到值得拿走的東西，磚地板也讓我的腳掌好冷，所以我回到樓上，坐在壁爐邊的椅子上。火已經快滅了，於是我想也不想就添了點煤；煤塊的聲音使他立刻跑上樓來，站在那兒瞪著四周——他打量房間，差點就要碰到我。檢查過後他仍然不滿意，走到門口看了最後一眼，然後才下樓。

「我在那間小會客室等了好久，他才上來打開往樓上的門。我及時趕到他背後。

「他在樓梯上突然停下，我差點撞到他。他回頭直直盯著我的臉，一面仔細聽。『我敢發誓……』他把多毛、瘦長的手舉起來扯扯下唇，眼睛來回打量樓梯。最後他哼了一聲，又走上樓。

「他的手擺到門把上，接著又停住，臉上同樣露出困惑的怒氣。他察覺到我在他身旁發出的微弱移動聲響，這人的聽力想必好得可怕。他臉上突然閃過一絲怒氣，『如果有誰在這裡——』他大聲宣告，卻也只能放任不管。他把手插進口袋，但沒找到想要的東西，於是怒氣沖沖地大步下樓。我沒跟上他，坐在樓梯頂端等他回來。

「過不久他上來了，仍在碎碎念。他打開房門，可是我還來不及進去就當著我的面把門摔上。

「我轉而決定花點時間探索這間屋子，並盡可能保持安靜。這屋子非常老舊，殘破不堪，潮溼到閣樓裡的壁紙都從牆上剝落了，還有老鼠孳生。有幾個門把很難轉動，我怕轉了會發出聲音。我查看了幾個房間都沒有家具，其他間則是丟滿劇院的無用雜物，看樣子是買來的二手貨。我在這人的臥房隔壁找到很多舊衣服，便開始翻找，在急切之中忘了那人耳朵很靈。我聽見偷偷摸摸的腳步聲，及時抬頭瞧見他探頭進來窺看衣服堆，手裡握著一把舊式左輪手槍。我站定不動，這人也目瞪口呆、滿腹疑心地左右張望。『一定是她，』他緩緩說，『那該死的女人！』

「他安靜關上門，我立刻聽見鑰匙把門鎖上。他的腳步聲走遠，我突然意識到自己被反鎖了。好一陣子我不曉得該怎麼辦，從門邊走到窗戶，又走回來，不知所措地愣在原地。一陣怒氣湧上心頭，但我決定衝動行事前先查看衣服。我初試身手，不小心讓一疊衣服從上層架子掉下來，男人因此跑了回來，模樣比之前更陰險。這回他真的碰到我，嚇一跳縮了回去，震驚不已地站在房間中央。

「一會兒後他冷靜了點，『老鼠。』他壓低聲音說，顯然有點嚇到。我安靜溜出房間，可是有條木板嘎吱一聲，於是那個惡魔般的小畜牲又開始四處搜索屋子，握著左輪手槍，每穿過一道門就鎖上，收起鑰匙。等我發現他想幹嘛時，怒氣一發不可收拾——我氣到沒法控制自己等候良機。這時我已曉得他獨自住在這間屋子裡，所以我不再囉嗦，朝他的頭打了下去。」

「你敲了他的頭？」坎普驚喊。

「對——趁他下樓時打暈了他。我站在樓梯平台上，從背後拿凳子下手。他像一袋舊靴子摔下樓梯。」

「可是——天啊！人之常情——」

「人之常情是給普通人用的。可是，坎普，重點在於我得穿著僞裝離開屋子，不能讓他看見我。我實在想不出別的解法了。我拿一件路易十四風格的背心塞住他的嘴，再把他綁進床單。」

「把他綁進床單！」

「我把床單當袋子之類的用。最好的辦法是讓這傻子繼續嚇得要命，他才會保持安靜，也脫不了身——讓腦袋遠離繩子。我親愛的坎普，你坐在那兒猛瞪著我，活像我是殺人凶手一樣，沒用的。我不得不這麼做；他有把左輪手槍，只要一瞧見我，就能指認我——」

「可是，」坎普說，「在今日的英格蘭做這種事……而且這人可是在自個兒家啊，你則——唔，你在搶劫。」

「搶劫！天哪！你等一下就會喊我是賊了吧？坎普，你想必不會笨到被人操弄。你不懂我的處境嗎？」

「也得考量他的處境啊。」坎普說。

隱形人突然站起來。「你到底想說什麼？」

坎普的臉色稍微冷酷起來。他想說話，但忍住了。「我想，」他接著說，突然改變口氣，「這些事畢竟有必要。你遇到了困難。只是——」

「我當然遇到了困難——身陷地獄困境。他也把我逼瘋了，在屋子裡到處追我，拿那把左輪手槍胡來，還一直鎖門、開門。他真的很惱人。你不會責怪我吧？你不怪我吧？」

「我絕不會責怪任何人，」坎普說，「這樣太不合時宜了。你接下來做了什麼？」

「我很餓，在樓下找到一條麵包和一些上好起司，大大滿足我的飢餓。我喝了點白蘭地和水，然後上樓走過我即興製作的袋子——那人一動也不動地躺著——再到放舊衣物的房間。這房間俯瞰街道，窗戶用兩條沾著泥漬的蕾絲窗簾蓋住。我走過去，從窗簾縫往外看。

外面太陽很大——燦爛陽光與我在這個陰沉房屋裡的棕色陰影構成了對比。外頭有生氣勃勃的車流，一輛水果馬車、雙座小馬車、四輪大馬車，和魚販馬車。我轉過身，五彩的色斑投影在背後的家居設備上；興奮之情使我再次清楚了解自己的處境。房裡有股微弱的化學溶劑味，我猜是用來清潔服裝的。

「我開始有系統地搜索這地方。我認定這駝子在屋子裡獨自住一段時間了，他是個怪人。我從衣服儲藏室把對我可能有用的所有東西都拿出來，從容地慢慢挑選。我找到一個旅行包，心想值得留下；也留了些化妝粉、唇膏和傷口貼布。

「我當時心想，爲了讓自己現形，得在臉上和全身上下露出來的部位都塗上顏料與撲粉；但這麼做的缺點是，我需要松節油和其他用具，以及大量的時間才能重新隱形。最後，我選了張比較好的面具，模樣有點怪，但不會比許多人類更怪；還有一副深色目鏡、灰色絡腮鬍，及一頂假髮。我找不到內衣，但可以事後再買，這段時間就先用印花面具和喀什米爾圍巾裹住自己。我也找不到襪子，那駝子的靴子穿起來有點鬆，但還算合腳。店鋪的桌子裡有三枚索維林金幣，還有價值約三十先令的銀幣；我在裡頭的房間撬開一個上鎖櫥櫃，翻出總值八鎊的金幣。現在我有了裝備，可以重返世界。

「但接著一股古怪的猶豫襲來。我的外表眞的可信嗎？我用臥室的小鏡子檢查自己，從每一個角度尋找漏洞，但似乎一切都沒問題。我的模樣怪誕得像個劇場人物——舞台上的守財奴，但也很確定沒有超出物理常識之處。我有了信心，把鏡子拿到樓下店面，拉開櫥窗窗簾，用角落的穿衣鏡檢視身體上下每一寸角落。

「我花幾分鐘鼓足勇氣，接著打開店門口走到街上，那個小個子自己要不要掙脫都隨他去。五分鐘後，我離開戲服店，拐了十幾個彎，似乎沒人特別注意我。最後一道障礙看來克服了。」

隱形人再次停下來。

「所以你沒有繼續騷擾那位駝子？」坎普說。

「沒有，」隱形人說，「我也沒聽說他後來怎樣。我猜他解開繩結或踢腳鑽出來了吧。我把結打得很緊。」

他陷入沉默，走到窗邊往外望。

「你走到河岸街之後，發生了什麼事？」

「喔！結果我的幻想又破滅了。我以爲煩惱全部解決，事實上我以爲自己做什麼都不會有事——頂多是暴露我的祕密，至少我是這樣認爲。我做什麼、會帶來什麼後果，對我來說都不重要。我只需要扔開衣服、消失無蹤就行了，沒人抓得住我。我大可把錢歸還，但我決定賞自己一頓奢侈大餐，然後住個好旅館，再給自己收集一套新衣服。我那時自信滿滿，現在回想起來，眞是個大蠢蛋，這也不是特別愉快的回憶。我去了餐館，點了午餐才想到若是我吃飯，就得暴露出自己的隱形臉。我點完餐，跟老闆說我十分鐘後回來，然後氣沖沖地跑出去。我不知道你這輩子有沒有被自己的食慾給惹怒過。」

「沒有這麼嚴重，」坎普說，「但我能想像。」

「我大可痛打這些可惡的蠢傢伙一頓。最後，想吃東西的欲望害得我頭暈，只好去另一間餐館，要求使用私人房間。『我毀容了，』我說，『很嚴重。』他們好奇地看我，但這當然不關他們的事——於是我終於吃到午餐。他們沒有特別殷勤招待我，不過也夠了。我用完餐就坐著抽雪茄，盤算接下來的行動。外頭正要颳起風雪。

「我想得越多，坎普，就越意識到隱形人是件多麼無助的荒誕事——在又冷又髒的天氣裡，還有在擁擠的文明都市裡，都毫無用武之地。我在展開這瘋狂的實驗之前，曾夢想過一千種優勢，但我那天下午只得到失望。我把人們渴望的各種東西想了又想，毫無疑問我能靠著隱形得到它們，卻無緣好好享受。野心啊——喜歡上一個你到不了的地方有什麼用？如果你的愛人叫做狄利拉[2]，愛她有何意義？我對政治、粗鄙名聲、哲學，和運動都不感興趣。我該做什麼？就因爲這樣，我得把自己包成神祕人物，一個渾身密不通風、裹著繃帶的滑稽人形！」

他停下談話，掃視著窗外。

「可是你怎麼去易平村的？」坎普問，急著讓客人繼續講下去。

「我去那裡工作。我有個希望——當時還說不上是個點子！我仍然抱持這個希望，現在點子已經成形了。回復的辦法！回復我所做的，我所選擇的、爲了隱形付出的一切。這就是我現在想跟你談的話題。」

「你直接跑去易平村？」

「對。我直接取走我的三本備忘錄和支票簿，還有我的行李與內衣，訂了一大批化學藥劑來研究這個點子——等我把書拿回來，就給你看計算公式——然後我就出發了。啊！我現在想起來那場暴風雪了。爲了避免雪弄溼我的硬紙板鼻子，該死的花了眞多力氣啊。」

「到最後，」坎普說，「也就是前天，他們發覺你的祕密時，你就索性——據報紙所說——」

「沒錯。我索性那樣幹了。我殺了那個蠢警員嗎？」

「沒有，」坎普說，「他預期會康復。」

「算他走運。這些笨蛋，我脾氣完全失控！他們爲什麼就是不肯放過我？那個雜貨店蠢貨呢？」

「他們預期不會有人送命。」坎普說。

「但我那個流浪漢朋友啊，我就不曉得了！」隱形人說，惡毒地哈哈大笑。

「蒼天在上，坎普，你根本不懂什麼叫暴怒！……工作了這麼多年，盤算了這麼多事，卻被一些笨手笨腳的愚鈍白癡擋路！……這世上想得出來的每一種愚蠢生物，都被創造出來妨礙我。

「要是我再忍受下去就會抓狂——我會把他們趕盡殺絕。畢竟他們把事情搞得困難一千

2狄利拉（Delilah）：舊約聖經《士師記》第十六章的妓女，以色列大力士參孫（Samson）的情人。狄利拉最後背叛了他。

倍。」

「毫無疑問，這樣很惱人。」坎普冷冷地說。

24 失敗的計畫

「但是，」坎普說，同時斜眼看向窗外，「我們現在要怎麼辦？」

他邊說邊靠近客人，以防他瞥見正爬上山坡道路的三個人——在坎普眼裡，這三人眞是慢得讓人無法忍受。

「你去博達克港時的盤算是什麼？那時有計畫嗎？」

「我本來打算出國，但遇見你之後就改變了計畫。我那時心想，現在天氣變暖，隱形沒有困難，到南方去應該是好主意。尤其我的祕密已經曝光，大家都會提防戴面具和裹住頭的人。你們這裡有一條到法國的郵輪線，我本想搭上一艘，賭一把看看，然後再搭火車到西班牙，不然就去阿爾及爾。這不會太難。這個人會永遠隱形——但依然活得下去。爲了達到目的，我原本利用那個流浪漢當作儲錢箱和行李員，直到我決定用什麼方式把書和財物寄來爲止。」

「我懂。」

「然後那個髒兮兮的畜牲居然想要洗劫我！他把我的書藏起來了，坎普。藏起來！要是我逮到他，絕不饒他！」

「所以最好的計畫是先從他那裡拿到書。」

「但是他在哪裡？你知道嗎？」

「他被關在鎮上的警局，在最牢固的牢房裡。這是他的要求。」

「無賴！」隱形人說。

「這會稍微耽擱你的計畫。」

「我們非拿到這些書不可，它們至關重要。」

「當然了，」坎普有點緊張地說，心想自己是不是聽見外頭有腳步聲，「我們當然得拿到這些書。但只要他不知道這些書是給你的，想拿到就不難。」

「的確。」隱形人說，開始思索。

坎普試著想點話題讓對方繼續開口，但隱形人自己說下去。

「坎普，我一闖進你家，」他說，「所有計畫就變了。因爲你能理解這一切，即使發生這些事情，儘管我引起了廣泛注意、弄丟了書，又受盡折磨，外頭還是有美妙、龐大的機會存在——

「你沒跟任何人說我在這裡吧？」隱形人突然問。

坎普猶豫一下。「我已經對你暗示過這點了。」他說。

「所以沒人知道？」葛利芬堅持。

「沒半個人知情。」

「啊！那麼——」隱形人站起來，雙手叉腰，開始在書房裡踱步。

「我犯了個錯，坎普，一個天大的錯誤，那就是獨自承擔這件事情。我白白浪費了力氣、時間跟機會。獨自一人——一個人能做的事眞少啊！能搶的、傷害的都太少，一下子就沒了。

「我需要的，坎普，是個守門人和幫手，還有一個藏身處，安排得好好的，能讓我不受打擾、不被懷疑地睡覺、進食跟休息。我必須找個同夥，只要有同夥、有食物、充分休息——就能實現一千種事情。

「我之前只有含糊帶過細節。我們得一起思考隱形所具備跟不具備的意義。它意味著有竊聽之類的優勢；也有助於闖空門——也許幫助程度不大。你只要逮到我就能輕易監禁我，但話說回來，我很難被抓到。事實上隱形只在兩種狀況下有用：接近目標和逃走。因此，它格外適用於殺人。不管一個人手上拿著什麼武器，我都可以繞過他，從任何一個地方下手。我想躲就躲、想跑就跑。」

坎普的手摸著鬍子。樓下是不是有人在走動？

「我們必須殺人，坎普。」

「我們必須殺人，」坎普重複，「我在聽你的計畫，可是請聽好，我並不同意。爲什麼得殺人？」

「不是肆無忌憚地殺人，而是精明、愼重的殺戮。重點是他們曉得有個隱形人存在——就像我們知道隱形人存在。而這位隱形人呢，坎普，現在必須建立一個恐怖政權。沒錯，你一定很訝異，但我是認眞的——恐怖政權。他必須接管一些城鎭，像是博達克這樣的地方，行使恐怖統治。他會下達命令，有千百種方式可以做到——把紙片塞進門縫就夠了。他必須殺掉不服從命令的人，並殺死保護他們的人。」

「哼！」坎普說，已經沒在聽葛利芬說話，而是聽著家門打開、關上。

「就我看來，葛利芬，」坎普繼續說，好掩飾自己的分心，「你的同夥會身陷險境。」

「沒人會知道他是共犯，」隱形人熱切地說，然後突然又說：「噓！樓下是什麼東西？」

「沒事，」坎普說，講話突然變得用又快又大聲，「我可不同意，葛利芬。」他說。「你聽好，我不同意。爲何要捉弄全人類？你以爲這樣會快樂嗎？別當個獨行俠。出版你的研究成果，把全世界——至少是英國——變成你的夥伴。你想想看，一百萬個幫手能讓你實現何等成就——」

隱形人伸手打岔。「有腳步聲爬上樓梯。」他低聲說。

「胡說。」坎普說。

「我去瞧瞧。」隱形人說，伸長手去開門。

接下來的事情發生很快。坎普猶豫一秒，搶過去攔截；隱形人嚇一跳，站定不動。「叛徒！」嗓音大喊，浴袍一瞬間打開、落地——隱形人開始脫衣服。坎普三大步衝向房門，隱形人——他的腿已經消失——大叫一聲跳起來。坎普用力打開門。

門打開時，樓下傳來匆匆腳步聲跟人聲。

坎普飛快地把隱形人往後一推，自己跳到一旁，摔上了門。鑰匙已經插在門外就位，葛利芬等一下就會獨自被關在觀景書房裡，成爲甕中之鱉。唯獨發生了個小插曲——坎普那天早上匆忙之中沒插好鑰匙，他一關門，鑰匙就掉到地毯上。

坎普臉色發白，他試著用雙手抓住門把，他站在那兒使勁拉了好一陣子；門先被拉開十五公分，他趕緊關上。第二次門被拉開了三十公分，浴袍還塞進門縫。隱形手指掐住他的喉嚨，爲了自保不得不放開門把。坎普被用力推開，絆倒並重重地栽進樓梯平台一角。空浴袍被扔到他身上。

站在樓梯上的是艾迪上校，他是博達克警局局長，坎普那封信的收件人。他吃驚地盯著突然出現在眼前的坎普，以及空蕩蕩的衣服被扔上空中的離奇景象。他看見坎普摔倒、掙扎著想起身，然後往前衝，又像頭牛一樣倒地不起。

突然他受到攻擊——憑空飛來的攻擊！似乎有個龐大重量撲來身上，他猛然摔下樓梯，還有隻手掐住他脖子、膝蓋頂住他下體；一隻隱形腳踩過他的背，鬼魂般的腳步聲噠噠經過他下樓。他聽見走廊裡的兩名警員大叫、逃跑，屋子大門被狠狠撞開。

他翻身坐起來，目瞪口呆；看見滿身是灰、衣衫不整的坎普蹣跚走下樓梯，一邊的臉被揍得發白，嘴唇流血，手裡抱著粉紅色浴袍跟幾件內衣。

「天哪！」坎普喊，「計畫敗露了！他跑了！」

25 追捕隱形人

坎普一時口齒不清，沒法讓艾迪聽懂剛才短時間內發生的事件。他們站在樓梯口，坎普連珠炮般地說話，葛利芬的怪異外衣仍抱在懷裡。艾迪終於慢慢理解部分狀況。

「他發瘋了，」坎普說，「人性泯滅，完全自私自利。他只想著自己的優勢跟安危。我今早就聽著一個冷酷利己主義者的故事……他傷了人，他會殺掉他們，除非我們能阻止他。他會引發恐慌，誰也擋不住。他現在跑出去了——而且怒氣沖天！」

「可以確定的是，」艾迪說，「非得逮到他不可。」

「可是怎麼逮？」坎普喊，接著突然生出一堆想法，「你們必須馬上開始，必須動用所有可用的人手，阻止他離開這地區。他一逃出去就能自由穿越鄉間，到處殺人、傷人。他夢想建立一個恐怖政權！我告訴你，真的是恐怖政權。你們得派人監視火車、道路，和船隻。軍營必須幫忙，你們得打電報叫他們支援。我告訴你，他不會離開這裡的唯一理由，就是他那幾本珍貴的筆記！你們警局裡關了個人——馬佛。」

「我知道，」艾迪說，「我知道。沒錯——他要那些書。但那個流浪漢……」

「說書不在他手上。但葛利芬認爲還在流浪漢身邊。你們必須阻止他進食或睡覺，整村的人日夜都得動起來找他。所有的屋子都必須閂上，阻止他進入。幸好老天賜給我們寒冷的夜晚跟雨水哪！我告訴你，艾迪，他很危險，是個災難；除非找到他、抓住他，否則光想到可能發生什麼事就讓人害怕。」

「不然我們還能怎麼辦？」艾迪說，「我得立刻下山去，著手組織人力。但你爲何不一起來？對——你也來吧！來，我們必須組織一個戰爭議會——找霍普斯來幫忙，還有找鐵路主管。天哪！這件事太急迫了。跟我們來，邊走邊告訴我怎麼辦。我們還能採取哪些手段？把那些寫下來。」

說完艾迪就領頭走下樓梯。他們發現大門開著，警察們站在外面盯著空氣瞧。「他逃掉了，長官。」一人說。

「我們立刻去中央警局，」艾迪說，「你們一個人下去招輛馬車來接我們——快點。好，坎普，還有點子嗎？」

「狗，」坎普說，「找狗來。狗看不見他，但聞得到。放狗。」

「很好，」艾迪說，「一般人不知道，哈爾斯提監獄的官員其實認識一位飼養偵探犬的人。還有嗎？」

「請記住，」坎普說，「他吃下的食物會現形，在消化前都看得見，所以他進食後得躲起來。你們得不停巡邏每一叢灌木、每一個安靜角落。然後把所有武器——任何可能當作武器的東西——收起來。這些東西他沒法帶在身上太久。至於他能抓起來攻擊人的物品則必須藏好。」

「這也是好主意，」艾迪說，「我們會逮到他！」

「然後在路上——」坎普說，猶豫了。

「怎樣？」艾迪說。

「撒上碎玻璃，」坎普說，「我知道這很殘忍。但想想看他可能幹出什麼事來！」

艾迪從齒間用力吸了一口氣。「這樣太沒運動家精神了，我不曉得。不過我還是會準備好碎玻璃，要是他做得太過分……」

「我告訴你，這人已經失去人性，」坎普說，「等他逃亡的情緒平靜下來，我很確信他就會準備建立恐怖政權——確信得就像我相信此刻正在跟你對話。我們唯一的機會就是搶得先機。他已經從同胞當中剪除了自己，他流的血就得歸到他頭上[1]。」

1 這兩句話分別衍生自《利未記》二十章第六節：「人偏向交鬼的和行巫術的，隨他們行邪淫，我要向那人變臉，把他從民中剪除。」以及《以西結書》三十三章第四節：「凡聽見角聲不受警戒的，刀劍若來除滅了他，他的罪（血）就必歸到自己的頭上。」

26 威克斯提謀殺案

隱形人在盲目的盛怒之中衝出坎普家。有個小孩在門口附近玩耍，被狠狠抓起來扔開，跌斷了腳踝。接下來的幾個小時，沒人察覺到隱形人的下落，沒人知道他去了哪裡，或做了什麼事。但我們可以想像他匆忙穿過炎熱的六月上午，來到博達克港背後的開闊山坡，對這無法忍受的命運大發脾氣，內心充滿絕望，最後又熱又累地躲在辛登迪恩的灌木叢裡，再次拼湊他四分五裂的計畫，準備對付同胞。這裡似乎是隱形人最有可能的避難處；而那天下午兩點左右，他就是在這兒一再堅定自己的立場，舉止冷酷、有如悲劇。

人們很好奇，他這段時間的心境為何，又想出哪種計畫。毫無疑問，他為坎普的背叛氣到發狂。儘管我們或許能理解坎普騙人的動機，仍然可以想像、甚至同情這份因偷襲而造就的劇烈怒火。也許他回想起了牛津街的震撼經歷，畢竟他顯然十分信任坎普，指望與他合作實現統治世界的殘暴夢想。無論如何，他中午時消失在人類的感知之外，一直到下午兩點半之前，沒有半個人說得出他的去向。這對全人類來說也許稱得上幸運；但對隱形人而言，卻是致命的怠惰。

就在這段時間裡，越來越多人四散鄉間，忙碌尋找。那天早上隱形人還只不過是個異聞傳說，但是到了下午——拜坎普枯燥乏味的宣言之賜，隱形人搖身一變，成了實實在在的敵人，必須傷害、逮捕，與克服，於是整個鄉間開始用超乎想像的速度組織起來。下午兩點時他說不定還能搭上火車離開這一帶，但兩點過後就不行了——南安普敦、曼徹斯特、布萊頓，和霍舍姆之間的大四角鐵路線，沿途每一節乘客車廂都鎖上了門，貨物列車也幾乎全數停駛。至於博達克港方圓三十公里的大範圍內，佩著槍枝、棍棒的人以三、四人爲一組，還有狗兒相隨，開始巡邏道路與田野。

騎馬警察穿梭於鄉間小徑，在每一間農舍停下來，警告人們鎖好家門，沒有武器的話就待在室內。所有小學在三點鐘放學，害怕的孩子們聚在一起，被匆匆帶回家。到了下午四、五點，坎普的宣言——還由艾迪簽名——就貼遍幾乎整個地區。這份宣言簡短但清楚地傳達了所有抵禦辦法，務必阻止隱形人進食跟睡覺，並持續保持警覺，及時留意任何跡象。既然當局火速做出決策，大多數的人也馬上就相信了這件怪事；入夜以前，周遭幾百公里就做好包圍戰的準備。同時，顫慄的恐懼感席捲了一整個提心吊膽的鄉間；人們低聲口耳相傳，消息又快又確實地傳遍鄉野——威克斯提先生遭到謀殺了。

假如我們認定隱形人選了辛登迪恩的灌木林當藏身處，那麼我們就得認定，他在午後再度離開，並且懷有與武器相關的堅定計畫。我們無從得知計畫內容，但在他見到威克斯提之前，手裡就拿著一根鐵棒——至少就我看來，這個證據不容質疑。

我們自然不曉得這場衝突的細節。事情發生在一座墓坑邊緣，距離博達克閣下的鄉間小屋大門不到兩百公尺遠。一切跡象顯示——被踐踏的地面、威克斯提身上的多處傷口，以及他斷裂的枴杖——這是一場無望的掙扎。爲什麼隱形人要動手攻擊？原因除了他正處於嗜殺的狂怒之外，實在無從想像。確實，人們幾乎無可避免地做出結論，原因是出於瘋狂；四十五、六歲的威克斯提是博達克閣下的管家，舉止與外表都毫無威脅，是這世上最不可能激怒這種恐怖敵人的人。看起來，隱形人拿了根從破柵欄抽出來的鐵棍，攔住這位安靜的人——威克斯提吃完午餐，正要靜悄悄地回家——接著攻擊他，突破這人手無縛雞之力的抵抗，打斷他的手臂、擊倒在地，最後把他的腦袋砸成肉醬。

當然，隱形人遇見受害者之前，必得從柵欄拖著這根棍子過去——他一定已經握在手中就緒。此案只有兩個小細節還沒被交代：一是墓坑並不在威克斯提回家的路線上，而是偏離了將近兩百公尺。另一個是一位小女孩的證詞，她說下午放學回家時，看見那位受害者用奇怪的「小跑步」穿過田野往墓坑去。根據她的比手畫腳，威克斯提似乎是在追趕面前地上的什麼東西，還用枴杖不斷敲擊。她是最後一個看見他活著的人。接著他離開了她的視線，踏入死亡；她看不見打鬥，因為被一叢山毛櫸擋住了，而且是在微微凹陷的坑裡。

於是，對於本書作者而言，謀殺的惡意成分消失了。我們或許能想像，葛利芬確實拿起鐵棍，但無意用它來殺人。威克斯提可能是碰巧路過，瞧見鐵棍莫名地自行穿越空中，他絲毫沒想到隱形人——畢竟博達克港離這裡有十五公里遠——或許就這麼追了過去。我們能輕易想像，威克斯提說不定根本沒聽過隱形人。我們也能想像，隱形人匆匆逃開——他非常安靜，以免被附近的人發現行蹤——然後興奮又好奇的威克斯提不斷追著這個詭異移動的東西，最後用枴杖打它。

毫無疑問，在一般情況下，隱形人大可輕易地拉開自己跟這位中年追逐者的距離；但根據威克斯提遺體被發現的姿勢看來，他追趕獵物時，可能不巧地跑到一堆刺人蕁麻和墓坑之間。對於曉得隱形人有多麼暴躁易怒的人來說，接下來的狀況便很好猜想了。

不過這些純屬揣測。唯一無可否認的事實——畢竟孩子的說法通常不可靠——是威克斯提被人發現的遺體，以及扔在蕁麻叢裡的染血鐵棍。葛利芬扔下鐵棍這件事，根據其中的情感張力來看，暗示他拿起鐵棍的原始目的——假如眞有目的——已經被拋棄了。他當然是個極度自私、冷酷的人，但當他目睹受害者，他的第一位受害者滿身是血、可悲地倒在腳邊時，或許解放了他鬱積已久的懊悔之泉，一時之間淹沒了他圖謀的那些計畫。

隱形人殺害威克斯提先生後，似乎越過鄉間往山坡去了。消息指出，有兩個男人於日落時分在蕨窪地附近的田裡，聽見有人痛哭、大笑、啜泣、呻吟，還不時大吼。這聲音聽來想必很怪。聲音往上穿過苜蓿田，一路往山丘的方向消失。

那天下午，隱形人想必發現了坎普要同夥迅速採取的措施，他看到所有屋子都鎖上門窗。他在火車站附近閒晃，在旅店周圍徘徊；他一定也讀到了那份宣言，並意識到是什麼樣的一場戰役在對抗他。來到傍晚，田野到處分布著三、四人一組的人群，還有吵鬧的狗叫聲。這些獵人收到特別指示，遭遇隱形人時該怎麼辦，以及如何相互支援。但他避開了這些人，我們可以稍微想像他有多麼惱火，尤其這個冷酷無情的追捕手法還是他自己吐露的。至少，那天他曾萌生退意；將近二十四小時都受人追捕（只有殺死威克斯提的時候除外），他想必在夜裡吃過東西，也睡過覺。到了早上他再度重拾自信，活力十足、強大、憤怒，而且惡毒，準備好跟這世界展開最後的大搏鬥。

27 攻打坎普家

坎普讀著一封奇特的信，是在一張油膩的紙上用鉛筆寫的。

「你們的積極程度非常驚人，也極爲聰明，」信上說，「但你們能從中獲得何種益處，我實在無法想像。你們選擇對抗我，追逐我一整天，試圖剝奪我晚上的休息時間。但即使有你們的干預，我仍然吃飽喝足，順利入眠，而這場遊戲才正要開始。遊戲才剛開始。你們唯一會得到的東西便是恐怖統治！這封信宣告了恐怖政權的第一日。告訴你們的警局上校以及其他警員，博達克港不再由女王統治；現在歸我管——恐怖之王！這是新紀元第一年的第一天——隱形人紀元。我乃隱形人一世。第一天統治很單純：爲了殺雞儆猴，這天將處死一個人——名叫坎普的男人。他想要的話儘管鎖上門、躲起來、找衛兵團團圍住、穿上盔甲——但看不見的死神會來找他。隨他想做多少預防措施；他的死將令我的人民刮目相看。死亡名單將在每天中午透過信箱宣告，郵差過來時信件便會落下，接著遊戲便開始，死亡降臨！切勿幫助他，我的人民，否則死神也將造訪你們。今天即坎普受死之日。」

坎普讀了兩次信。「這不是騙局，」他說，「這是他的口吻！他是認眞的。」

他把摺起來的紙翻過來，看見寫地址的那側有辛登迪恩的郵戳，以及一個平凡無奇的註記：「尚欠兩舊便士郵資」。

他緩緩起身，沒吃完午餐——信是在下午一點送信時間送達的——然後走進書房。他按鈴喚來管家，要她立刻巡視屋子一圈，檢查窗戶的扣門，並關上所有窗板。他自己闔上書房的窗板，從臥房一個上鎖抽屜取出一把小左輪手槍，仔細檢查，然後放進西裝外套口袋。他寫了幾張短字條，一張給艾迪上校，然後要女僕轉交，並明確指示她得離開屋子。「沒有危險的，」他說，然後又補了一句心裡想的，「至少對你沒有。」之後，他冥思了一陣子，然後回去吃他冷掉的午餐。

他邊吃邊斷斷續續地想事情，最後用力打了一下桌子。「我們會逮到他！」他說，「我是誘餌。他會越界的。」

他爬上樓梯到觀景台，小心地關上背後每一道門。「這是一場遊戲，」他說，「詭異的遊戲——但勝算都在我，葛利芬先生，你有隱形也無濟於事。葛利芬對抗全世界……還帶著復仇心。」

他站在窗前，眺望炎熱的山坡。「他每天都得找東西吃——我可不羨慕他。他昨晚眞的有睡覺嗎？睡在某個開放地帶，能避開人們碰撞。眞希望我們能多點寒冷潮溼的天氣，而不是這麼熱。

「說不定他現在就在注視我。」

他關上窗戶。有個東西用力敲到窗框旁的磚頭，害他嚇得用力往後一跳。

「我開始緊張了。」坎普說。不過五分鐘後，他又走去窗前。「一定只是隻麻雀。」

接著他聽見大門的門鈴響起，於是匆匆下樓。他解開門鎖和門閂，檢查一下鐵鍊才拉起來，然後在不露臉的情況下小心開門。一個熟悉的嗓音喊他，是艾迪。

「你的女僕剛才被攻擊了，坎普。」上校越過門說。

「什麼！」坎普驚喊。

「他把字條從她手上搶走了。他離這裡不遠。讓我進去。」

坎普放開鍊條，艾迪也盡可能穿過最小的門縫進去。坎普重新門上門時，艾迪站在走廊裡，看來鬆了一大口氣。「紙條從她手裡被搶走，可嚇壞她了。她在警局那裡，已經歇斯底里。隱形人就在這附近。字條上說什麼？」

坎普咒罵。

「我眞蠢，」坎普說，「我早該想到的。從辛登迪恩走到這裡不用一個鐘頭。他已經到了？」

「所以怎麼了？」艾迪說。

「來看這個！」坎普說，帶路去書房。他把隱形人的信交給對方。

艾迪讀完，輕聲吹了個口哨。「所以你——？」他說。

「我提議佈下陷阱，像個蠢蛋一樣，」坎普說，「然後派女僕把我的提議信送出去。竟直接送進了他手中。」

艾迪也跟坎普一樣咒罵。

「他會躲遠。」艾迪說。

「他不會。」坎普說。

樓上傳來響亮的玻璃砸破聲。艾迪瞥見坎普的口袋半露出一把銀色左輪手槍。「是樓上的窗戶！」坎普說，帶頭跑上去；他們爬樓梯時聽見了第二次玻璃砸破聲。趕到書房時，發現三面玻璃有兩扇破了，大半個房間裡灑滿碎玻璃，還有一大塊燧石掉在寫字桌上。兩人站在門口，打量著眼前的破壞。坎普再度咒罵，這時第三面窗戶發出如槍聲的巨響，迸出一道星形裂痕，接著碎裂成一片片鋸齒狀的三角片，唏哩嘩啦地落進房間。

「這是幹嘛？」艾迪說。

「這是開端。」坎普說。

「他沒辦法爬到這上面來？」

「連貓也不行。」坎普說。

「這邊沒有窗板？」

「這上面沒有。樓下所有房間——哎呀！」

樓下傳來玻璃砸破聲，然後是重擊木板聲。「該死！」坎普說，「那一定是——沒錯——其中一間臥室。他會試探整間屋子，但他太愚蠢，窗板都關起來了，玻璃只會掉在外面。他會割傷自己的腳。」

另一扇窗戶也昭告了自己的毀滅。兩個男人一頭霧水地站在樓梯平台上。「我想到了！」艾迪說，「我去找根棍子什麼的，然後下山去警局，要他們把偵探犬牽出來。這樣一定能搞定他！你很難躲過獵犬的——不出十分鐘——」

又一面玻璃步上其兄弟的後塵。

「你沒有左輪手槍嗎？」艾迪問。

坎普的手伸進口袋，猶豫了一下。「沒有——至少沒有多的。」

「槍借我，我會還回來，」艾迪說，「你在這裡很安全。」

坎普把武器交給對方，很羞恥自己一時沒有說實話。

「現在去門邊。」艾迪說。

他們遲疑地站在走廊時，聽見二樓臥室的一面窗戶被打破。坎普走到門旁，用最安靜的聲音解開門閂，臉色比平時更顯蒼白。「你必須直接走出去。」坎普說。下一刻艾迪就踏到門階上，門閂也放回鉤環裡。艾迪猶豫片刻，感覺背靠著門比較安心；接著他挺直身體，走下台階，穿過草坪往柵門去。草地上似乎有一小陣微風掃過。有個東西靠近他。

「止步片刻。」嗓音說，艾迪立刻停住，握緊左輪手槍。

「怎樣？」艾迪臉色蒼白、嚴肅地說，渾身神經繃緊。

「服從我，回到屋子去。」嗓音說，跟艾迪的聲音一樣緊繃嚴肅。

「抱歉，辦不到。」艾迪有點嘶啞，用舌頭潤了嘴唇。他認爲嗓音在他的左前方。該不該賭賭看、開一槍呢？

「你想去哪裡？」嗓音說，接著兩人快速動了一下，艾迪口袋開口閃過一抹陽光。

艾迪克制自己，並且思索。「我去哪裡，」他緩緩說，「不關你的事。」話還沒說完，就有隻手繞過他脖子，他的背被膝蓋頂著，使他往後翻倒。他拔槍，胡亂射擊一通；下一刻，嘴上就挨了一記，左輪手槍也被搶走。他沒抓住那滑溜的肢體，試著爬起來，卻又被擊倒在地。「該死！」艾迪說。

嗓音哈哈大笑。「要不是我不想浪費子彈，早就殺了你。」嗓音說。

艾迪看見左輪手槍懸在一百八十公分高的空中，正指著他。

「所以呢？」艾迪說，坐起來。

「站起來。」嗓音說。

艾迪站起身。

「立正，」嗓音說，然後凶狠地開口，「別玩把戲。記住，我能看到你的臉，你看不見我的臉。你必須回屋子去。」

「他不會讓我進去。」艾迪說。

「眞可惜，」隱形人說，「我跟你並無恩怨。」

艾迪再次潤了嘴唇。他把視線從槍管轉開，看見遙遠的大海在正午烈陽下又藍又黑，還有平滑的綠色山坡、岬角的白色懸崖，突然意識到人生有多寶貴。他的目光回到那個懸在天堂與人間之間的金屬小東西上。「我該做什麼？」他悶悶不樂地說。

「我又該做什麼？」隱形人問，「你打算找幫手來。所以你唯一能做的就是回去。」

「我會試試看。如果他放我進去，你能保證別衝進門嗎？」

「我跟你並無恩怨。」嗓音說。

坎普放艾迪出去之後就匆匆上樓，這時正蹲在碎玻璃之間，小心地越過書房窗台邊緣往外看，發現艾迪站在那兒跟隱形人談判。「他爲什麼不開槍？」坎普小聲對自己說。接著左輪手槍稍微移動，反射的陽光照到坎普的眼睛。他遮眼，試著尋找光線來源。

「當然了！」他說，「艾迪把左輪手槍拱手讓人了。」

「你得保證別衝向門，」艾迪正在說，「你已經取得上風，別得寸進尺。給這人一個機會。」

「你回去屋子裡。我坦白告訴你，我不保證任何事情。」

艾迪似乎突然做了決定，轉身走向屋子，雙手背在後面慢慢地走。坎普一頭霧水地看著他。左輪手槍消失、閃動、再度消失；仔細觀察便會發現，手槍化爲一個小小的暗色物體跟在艾迪後面。然後事情發生得好快——艾迪往後跳，轉過身，伸手去抓那小物體，但沒抓到，接著他舉高雙手，然後俯面倒地，空氣中留下一小縷藍煙。坎普沒聽見槍聲。艾迪扭動著，用一隻手撐起身子，最後往前栽倒，再也不動了。

坎普盯著艾迪那安靜、與世無爭的姿態，盯了好一陣子。下午變得很熱，而且無風，整個世界似乎完全靜止，只有兩隻黃蝴蝶在屋子跟柵門之間的灌木叢追逐彼此，艾迪倒在靠近柵門的草坪上。山丘路兩邊的別墅都拉下了窗簾，但有間綠色避暑小屋裡可見一個白色人影，顯然是個正在睡覺的老人。坎普端詳屋子四周，想找到左輪手槍的一絲蹤影，但它就是消失了。他的眼睛又轉回來看著艾迪。這場遊戲，隱形人拔得頭籌。

大門傳來按鈴和敲門聲，變得越來越吵，但僕人們遵照坎普的指示躲在自己房裡，鎖著門。接著是一片沉默，坎普坐著聆聽，然後小心翼翼地往外看，一一看完三扇窗。他走到樓梯口，站在那裡聽，心裡頗不自在。他拿起臥室的火鉗當武器，再次查看一樓窗戶的內側扣閂。四下萬籟俱寂，他回到觀景台。艾迪仍動也不動地趴在碎石路邊的同個位置，那位女僕跟著兩名警察正穿過別墅道路走來。

一切靜得死寂。那三人的速度似乎非常非常慢。他心想，他的敵人到底在幹嘛。

樓下傳來重擊聲，他嚇一跳，猶豫一下便再度下樓。突然間，屋子裡迴盪著沉重打擊聲和木材碎裂聲。他先是聽見「砰」一聲，接著是窗板鐵鉤「鏗」的斷裂聲。他轉動鑰匙打開廚房門，就在這時碎裂的窗板朝內飛來，他驚駭不已地站在那兒。除了一道斷裂的閂，窗框都還完整，但幾乎沒剩下多少玻璃。窗板是被一把斧頭劈開的，此刻斧頭正不斷揮擊窗框及窗框上的鐵條。然後，斧頭突然往一旁跳開，消失無蹤；坎普看見左輪手槍躺在外面的小徑上，接著這把小武器躍入半空中，坎普連忙往後閃開。左輪手槍晚了一步開火，射穿關上的門，碎片飛過坎普頭上。坎普立刻跑出房間，用力關上門並鎖好——他站在門外時聽見葛利芬大吼和狂笑。斧頭繼續劈砍窗框。

坎普站在走廊裡，試著思考。隱形人再一會兒就會闖進廚房了。這道門擋不了他多久，然後——

門鈴又響了，一定是警察到了。他跑進走廊，拉起鍊條、解開門閂。他要女僕在放下鍊條前出聲證明身分，接著三人一古腦衝進屋子，倒成一團，坎普也重新摔上門。

「隱形人！」坎普說，「他有把左輪手槍，剩兩發子彈——他殺了艾迪，至少是朝他開了槍。你們沒在草坪上看到他嗎？他就倒在那裡。」

「誰？」一位警察問。

「艾迪。」坎普說。

「我們從後院進來的。」女僕說。

「是誰在敲東西？」一位警察問。

「他在廚房裡——快了。他找到一把斧頭——」

突然，整間屋子充斥著隱形人劈砍廚房門的聲響。女僕往廚房走，發著抖，接著躲進餐廳。坎普試圖用支離破碎的句子解釋，他們聽見廚房門快垮了。

「往這邊。」坎普說，立刻動起來，催促警察穿過餐廳門口。

「火鉗！」他說，趕去了壁爐圍欄旁。他把手上的火鉗交給一位警察，餐廳裡那一把則給另一位。然後他突然往後跳開。

「哇啊！」一位警察說，閃躲開並用火鉗擋下斧頭。手槍射出倒數第二發子彈，穿破了一幅寶貴的西尼・庫伯[1]畫作。第二名警察用他的火鉗揮向那把小武器，好像在打黃蜂一樣，手槍喀噠一聲滾到地上。

交鋒一開始，女僕就放聲尖叫，站在壁爐邊叫了一陣子，接著衝去打開窗板——大概打算從破裂的窗戶逃出去。

斧頭退入了走廊，垂在離地約六十公分處。他們能聽見隱形人的呼吸。「你們兩個，給我讓開，」他說，「我要坎普。」

「我們要你。」第一名警察說，迅速上前對著嗓音揮舞火鉗。隱形人想必嚇了一跳，趕緊退後，撞上了雨傘架。

就在警察揮舞火鉗而站不穩時，隱形人用斧頭反擊，警察的頭盔像紙一樣被壓皺，強勁的攻擊力道讓他打轉著摔向廚房樓梯口的地板。但第二位警察用火鉗瞄準斧頭後面，打斷了某個柔軟的東西，對方痛得大叫，斧頭也掉到地上。警察再次對空氣出擊，但什麼都沒打到；他用腳踩著斧頭，再一次嘗試。接著他站起來，像持棍棒一樣地拿著火鉗，專注聆聽最

---

1 西尼・庫伯（Thomas Sidney Cooper, 1803-1902）：英國風景畫家。

細微的動靜。

他聽見餐廳窗戶打開，以及房間裡傳來安靜卻匆促的腳步聲。他的同伴翻身坐起來，血從他的眼與耳之間流下來。「他在哪裡？」地板上的警察問。

「不知道。我打中他了。他站在走廊某處，除非他溜過你身邊。坎普大夫──先生？」

一陣停頓。

「坎普大夫。」警察又喊。

另一個警察奮力站起來。突然他們聽見廚房樓梯上有微弱的光腳走路聲。「呀！」第一位警察說，無法克制地揮出火鉗，打中一個小煤氣燈架。

他似乎想追著隱形人下樓，接著認定這樣不妥，便轉而踏進餐廳。

「坎普大夫──」他開口，然後停住。

「坎普大夫還眞是個大英雄哪！」他回頭看著他的同伴說。

餐廳窗戶大開，坎普跟女僕都不見人影。

另一位警察對坎普發表了簡短、生動的批評。

28 獵人出擊

席拉斯先生是別墅區裡距離坎普最近的鄰居，攻打開展時，席拉斯先生正在他的避暑小屋裡睡覺。他是少數堅決不肯相信隱形人「那堆無稽之談」的人；不過他太太相信，事後也不斷這樣提醒他。他堅持當作什麼事也沒發生一樣地在花園裡散步，然後照行之有年的習慣去午睡。窗戶砸破時他沒醒，但後來驚醒了，奇怪地認定有事情不對勁。他眺望坎普家，揉揉眼，然後再看一次。接著他把腳踩到地上，坐著聆聽。他後來說他狀況糟透了，但仍能把怪事看得一清二楚。屋子看起來彷彿已經被遺棄幾個星期——而且在這之前還發生過暴動。每扇窗戶都破了；而除了觀景書房之外，窗子後面都被窗板遮住。

「我敢發誓——」他看看手錶，「——二十分鐘前還好端端的呀。」

他察覺遠處傳來一陣有節奏的撞擊聲和敲玻璃聲。接著他目睹了一件讓他目瞪口呆的離奇事：餐廳窗戶的窗板被用力掀開，穿著外出服、戴著戶外帽的女僕慌慌張張地想推開窗框。突然有個男人出現在她身旁——是坎普大夫！下一刻窗戶開了，女僕掙扎著爬出來，往前栽倒，消失在灌木叢裡。席拉斯先生站起來，對這些神奇的事茫然又熱切地大喊。他看見坎普站到窗台上，自窗戶一躍而下，又再度出現，在灌木叢裡彎腰奔跑，彷彿想避開旁人注意。他消失在一株金鏈花後面，接著再次現身，攀過大片山坡上的毗連柵欄。一秒鐘後他便翻過去，以驚人速度衝下山坡，朝席拉斯先生而來。

「老天！」席拉斯先生大喊，突然意會過來，「難道就是那個隱形人畜牲！原來這是眞的！」

席拉斯先生認爲這種狀況就該採取行動，而他的廚子驚訝地從別墅上層窗戶看主人衝回屋子，時速足足有十五公里。廚子聽見門摔上，僕人鈴響起，席拉斯先生像頭公牛喊叫：「關門，關窗，全部給我關上！——隱形人來了！」屋子裡立刻響起尖叫、下令聲，和匆匆腳步聲。廚子跑去關上通往陽台的法式落地窗；就在這時坎普的腦袋、肩膀和膝蓋出現在花園柵欄上方。下一刻坎普鑽過了蘆筍，越過網球草坪跑向他們家。

「你不能進來，」席拉斯先生說，鎖上門閂，「要是他在追你，我很抱歉，可是你不能進來！」

坎普一臉驚恐地貼到玻璃上，先敲敲法式落地窗，接著發狂地搖晃窗框。發現沒用之後，便沿著陽台跑開，跳過盡頭的扶手，開始猛捶側門。最後他從後院柵門繞到屋子前面，跑進了山坡道路。席拉斯先生一臉驚駭地盯著窗外──他沒看見坎普是怎麼消失的，也沒看見蘆筍在這之前被坎普跟隱形人踐踏過。席拉斯先生倉促地逃到樓上，接下來的追逐也在他的視線之外。但就在經過樓梯窗戶時，他聽見後院柵門被用力摔上。

坎普踏進山坡道路，自然選了下山方向，於是他親自重演了短短四天前才在觀景書房所目睹、不屑一顧的狂奔記。以一個未受訓練的人來說，他跑得很快；儘管他臉色蒼白、大汗淋漓，腦袋終於恢復冷靜了。他跨著大步跑，只要遇到困難地形──不管是一地粗糙的碎石、幾片炫目發亮的碎玻璃──他都會穿過去，讓那雙跟著他的隱形雙腳穿過同樣路線。

有生以來第一次，坎普發現山坡道路廣闊、荒涼得難以言喻，下方遙遠山腳的城鎮也遠得不可思議。

這世上沒有比跑步更慢、更痛苦的前進方式了。每一棟別墅都顯得憔悴，在午後陽光中沉睡著，看起來上了鎖，也都閂住；無疑的，它們是出於自己的指令上鎖。不過，這些人可能會派個監視者留意事態發展吧！城鎮開始出現在眼前，大海消失在鎮後方，下方街上有熙熙攘攘的人群。一輛有軌馬車剛剛抵達山腳，後面就是警察局。他是不是聽見背後有腳步聲？他加速衝刺。

下方的人們望著他，有一兩人也開始逃跑。他的呼吸讓喉嚨開始發痛。有軌馬車現在離他很近，「快樂板球員」吵雜地門上了門。有軌馬車再過去是幾根木樁和一堆碎石——是下水道工程。他迅速地考慮要跳上有軌馬車並關上門，但又改變主意往警局去。下一刻他通過「快樂板球員」門口，踏入街道盡頭炎熱的工地，身旁全是人。馬車駕駛及助手被他發狂的匆忙模樣嚇住，呆站在那兒直瞪著，馬匹都忘了要解開。再過去的地方，挖土工人震驚的臉孔出現在碎石堆上頭。

他的步伐稍微被打亂，然後聽見追逐者的飛快噠噠腳步聲，於是又往前跳。「隱形人來了！」他對工人喊，附帶含糊的手勢，接著心血來潮，跳過地上挖出來的洞，讓一群魁梧工人擋在他和追逐者之間。他放棄了去警局的點子，轉進一條小巷，衝過一位蔬果販的馬車，在一間甜點店門口猶豫了十分之一秒，再往巷口去，回到山丘大街。那裡有兩三個孩子在玩耍，被他的怪模怪樣嚇得尖叫、一哄而散，門窗立刻打開，激動的母親們大聲叫囂。他再次衝進山坡大街，距離馬車軌道兩百多公尺遠，馬上就察覺到吵雜的喧譁聲和奔跑的人群。

他抬頭順著街道往山丘方向看。不到十幾公尺遠有個大塊頭工人在奔跑，口中罵著支離破碎的髒話，手裡猛揮一把鏟子，有軌馬車的車掌則是握著拳頭緊跟在後。其他人跟著他們爬上街道，邊揮打、邊吼叫。下方城鎮有一群人在奔跑，他清楚地看到有個男人踏出店門口，手中拿著棍子。「散開來！散開來！」某人喊。坎普突然意識到追逐的局勢改變了。他止步，喘著氣環顧四周。

「他離這裡很近！」他喊，「在街上圍出一道人牆——」

他被重重打中耳根子，踉蹌轉身，並試著回頭面對看不見的敵人。他好不容易站穩，然後對著空氣徒然反擊。他再次挨揍，這回是下巴，讓他摔了個狗吃屎；然後他的腹部被膝蓋頂住，兩隻急切的手掐住他脖子，但他發現其中一隻的力氣比較弱。坎普抓住那雙手腕，聽見攻擊者痛得大叫，接著工人的鏟子在他頭上揮個大圈，悶響一聲打到了某物。坎普感覺有什麼溼溼的東西滴到臉上。掐著脖子的手突然鬆開，坎普費勁掙脫，按著無力的肩膀翻起身來，並抓住地上的隱形手肘。

「我抓到他了！」坎普尖叫，「快幫忙！來人啊——抓住他！他倒地了！抓住他的腳！」

下一秒人們便一擁而上投入搏鬥；若有個陌生人在這時突然來到，還會以爲這是一場格外野蠻的橄欖球賽呢。坎普出聲大喊之後就聽不見任何其他喊叫了——只有揍拳聲、腳步聲，跟沉重的呼吸聲。

接著隱形人使出九牛二虎之力甩開兩位敵人，在地上跪起來。坎普像隻獵犬面對雄鹿般緊守對方正面，十幾雙手伸過來掐、抓、扯著隱形人。馬車車掌突然搆到了隱形人的脖子跟肩膀，將他往後拖。

人們再次扭打，疊成一團。恐怕我得指出，他們還野蠻地踹了隱形人幾腳。接著傳來一聲淒厲尖叫：「饒命！饒命！」然後聲音迅速轉弱，有如窒息。

「退後，你們這些笨蛋！」坎普大喊，聲音被悶住了，人們健壯的身軀被用力往後推開。「我告訴你們，他受傷了。退後！」

人們費了點勁才騰出空間，一整圈的熱切臉龐看著醫生跪下，似乎跪在離地四十公分處，他把隱形雙手壓在地上，背後有名警員抓著隱形腳踝。

「你們千萬別放開他，」那個大塊頭工人喊，握著染血的鏟子，「他在假裝。」

「他沒有在假裝，」醫生說，小心翼翼地抬起膝蓋，「我也會壓住他。」他的臉瘀青累累，已經開始變紅；說話含糊，因爲有條嘴唇流血。他放開一隻手，似乎在摸索隱形人的臉。「嘴裡全是溼的，」他說，「老天爺！」

他突然站起來，跪在隱形人身邊的地上。人們一陣推擠、步履維艱，更多人湊了過來，加大人群壓力。現在，人們走出房屋，「快樂板球員」的門也突然敞開。現場沒什麼人說話。

坎普四處摸索，手似乎穿過空無一物的空氣。「他沒有呼吸，」他說，「我摸不到他的心跳。他身體側面——哎唷！」

突然有個老婦人厲聲尖叫（她從那位大塊頭工人的手臂底下看過去）。「看！」她說，伸出一根發皺的手指。

所有人往她指的方向看去，看見一隻癱軟、掌心朝下的手的輪廓，顏色是黯淡的半透明，乍看彷彿是玻璃做的，血管、動脈、骨骼，與神經都可以清楚區分。這隻手在他們眼前漸漸變得更濃濁、更不透明。

「啊！」警員喊，「他的腳現形了！」

於是這種奇異轉變繼續發生，從他的手腳開始，慢慢擴散到四肢與身體的重要部位，好像毒藥在緩緩散開；起先是白色的小神經、肢體的朦朧灰色輪廓，接著是玻璃般的骨頭跟錯綜複雜的動脈，最後是血肉與皮膚，剛開始像微弱的霧氣，然後急速變稠、變得不透明。再來他們看見他被打凹的胸膛與肩膀，以及拉長、傷痕累累的黯淡五官。

等到群眾終於讓路給坎普站起來時，地上已躺著一位年約三十的青年，可憐兮兮地倒在那兒，裸體、滿身瘀青、殘破不堪。他的頭髮與眉毛是白的——不是因歲月發灰，而是出於白化症——眼睛也像兩顆紅寶石。他握緊拳頭、雙眼睜大，表情混合了憤怒跟沮喪。

「蓋住他的臉！」有人說，「看在老天份上，蓋住他的臉！」三名小童推開人群靠上來，又被某個人轉身推了回去。

有人從「快樂板球員」帶了條床單來蓋住死者，並將他扛進旅店內。就這樣了，在一間庸俗、照明黯淡的臥房裡的破床上，在一群無知又興奮的人們圍繞下，葛利芬——有史以來第一位讓自己隱形的人，這世界曾有過最富天分的物理學家——奇特又恐怖的生涯便在無盡災難中畫下了句點。

尾聲

於是，隱形人奇異與邪惡實驗的傳奇便到此落幕。假如各位想多了解他，就去史多威港附近一間小旅店找房東聊聊。旅店招牌是一塊空木板，只畫了一頂帽子跟一雙靴子，而旅店的名字便是本書的標題：「隱形人」。房東是位肥胖的矮個子男人，鼻子像圓柱，臉上有東一塊、西一塊的玫瑰色斑點。你只要大方買酒，他便會大方告訴你那段時間之後他遭遇的一切，還有律師如何處置在他身上找到的財寶。

「當他們發現沒法證明錢屬於誰時，我的好運就降臨了，」他說，「雖然他們嘗試把我解釋成徹頭徹尾的地下寶藏！我看起來像地下寶藏嗎？有個紳士給我每個晚上一基尼的費用，去帝國音樂廳講那則故事——只要用我的話講就好——除了一件事不提。」

假如你想硬生生打斷他的回憶順序，你永遠可以問他，故事裡是否眞有三本手稿存在。他會承認，接著鄭重聲明並解釋，大家都認爲他持有這些書，可是願上帝保佑您啊，他沒有！「當我逃往史多威港時，隱形人拿走它們，藏起來了。是坎普先生讓人們認定我擁有書。」

接著他會沉入哀愁的情緒，偷偷摸摸地打量你、緊張兮兮弄眼鏡，然後離開酒吧。

他是個單身漢——他的品味依舊走單身路線，家裡也沒有女人。他在外頭會扣上鈕釦——但在自在的私下場合裡，比如說穿吊帶褲時，仍會使用繩子。他掌管家裡毫無野心可言，但十分得體；他動作慢，卻是偉大的思想家。他在村裡素以智慧聞名，以及值得尊敬的節儉，更何況他對英格蘭南部道路的知識連記者威廉·科比特都只能望其項背。

至於一年到頭的每個星期天早上，以及每天晚上十點過後，他會把自己與外界隔絕，走進酒吧會客室，拿一杯摻著少許水的琴酒，並在放下酒後鎖上門、檢查窗簾，甚至查看桌子底下。等到他滿意自己的獨處後，就會依次解開櫥櫃、櫥櫃裡的一只盒子、盒子裡一道抽屜的鎖，最後拿出三本用棕皮革裝訂的書，嚴肅地放在桌子正中央。封面受過日晒雨淋，帶有一絲藻綠色——畢竟這些書曾泡在水溝裡，有些紙頁的內容被髒水洗掉了。房東會在一張扶手椅坐下來，慢慢填滿一根陶製長菸斗，得意洋洋地打量這些書。最後他拿起一本在面前掀開，開始研讀——把紙頁翻過來翻過去。

他皺眉頭，嘴唇痛苦地蠕動。「六角形，兩小段直線往上，外加一個看不懂是啥的玩意。老天！他的才智著實驚人！」

然後他會放鬆地往後靠，越過煙霧對著房間對面看不見的事物眨眨眼。「寫滿了祕密，」他說，「神奇的祕密！等我一搞懂——老天爺！我不會跟他幹一樣的事，我只會——哎！」他抽著菸斗。

於是他沉入睡夢，此生永不止息的美妙夢境。儘管坎普曾經不安地打探過，除了房東外沒半個人知道書在這裡，亦不知微妙的隱形祕密及其他十幾樣寫在書上的奇特祕密。這些祕密將會繼續藏下去，直到房東過世爲止。

1 威廉・科比特（William Cobbett, 1763-1835）：英格蘭記者、農學家和政治改革者。他出版於一八二二至一八二六年的《田園騎行》（Rural Rides）以政治改革者和農學家的角度描述了在英格蘭東南部與中部的騎馬旅行。

威爾斯與他的科幻文學　大事年表

一八六六　出生於肯特郡的貧窮人家。

一八七四　因意外受傷臥床不起，從此培養出閱讀興趣。

一八八〇　開始在南海城當紡織學徒，即故事中的博達克港。

一八八三　在米德赫斯特重點中學任實習教師，即故事中的布蘭博赫斯特。

一八八四　拿到倫敦科學師範學院獎學金，在湯瑪斯．赫胥黎門下學習生物學。在學三年期間，威爾斯發展出社會主義思想。

一八九〇　獲得倫敦大學的動物學學位。

一八九一　與表妹伊莎貝爾結婚。

一八九四　結束第一段婚姻，並與他的學生珍結婚，搬到薩里郡，開始大量寫作、構思。

一八九五　出版短篇小說集《被盜的桿菌及其他事件》（The Stolen Bacillus and Other Incidents）。出版首部長篇小說《時間機器》（The Time Machine）。

一八九六　出版《莫羅博士島》（The Island of Doctor Moreau）。
一八九七　出版《隱形人》（The Invisible Man）。
一八九八　出版《世界大戰》（The War of the Worlds）。
一八九九　出版《當睡者醒來時》（When the Sleeper Wakes）。
一九〇〇　出版短篇小說集《時空傳說》（Tales of Space and Time）。
一九〇一　出版《最早登上月球的人》（The First Men in the Moon）。
一九〇三　加入互助性社會主義團體費邊社，後因理念不合於一九〇八年退出。
一九〇四　出版《神的食物》（The Food of the Gods and How It Came to Earth）。
一九〇六　出版《彗星來的那一天》（In the Days of the Comet）。
一九二〇　遊俄期間透過友人高爾基的介紹，與列寧有一面之緣。
一九二二　代表工黨參選國會議員。
一九三三　出版短篇小說集《未來世界》（The Shape of Things to Come）。
一九四六　在倫敦去世，享壽七十九歲。

國家圖書館出版品預行編目資料

隱形人／ H. G. 威爾斯（Herbert George Wells）
著；王寶翔譯.
—— 初版 —— 臺中市：好讀，2018.08
面：　公分，——（典藏經典；116）
譯自：The Invisible Man
ISBN　978-986-178-463-2（平裝）
873.57　　107008527

好讀出版

典藏經典 116

隱形人 The Invisible Man

填寫線上讀者回函
獲得更多好讀資訊

作　　者／H. G. 威爾斯 Herbert George Wells
譯　　者／王寶翔
總 編 輯／鄧茵茵
文字編輯／王智群
內頁編排／王廷芬
行銷企劃／劉恩綺

發 行 所／好讀出版有限公司
台中市407西屯區工業區30路1號
台中市407西屯區大有街13號（編輯部）
TEL:04-23157795 FAX:04-23144188
http://howdo.morningstar.com.tw
（如對本書編輯或內容有意見，請來電或上網告訴我們）
法律顧問／陳思成律師

總 經 銷／知己圖書股份有限公司
台北市106大安區辛亥路一段30號9樓
TEL:02-23672044／23672047 FAX:02-23635741
台中市407西屯區工業30路1號
TEL:04-23595819 FAX：04-23595493
E-mail: service@morningstar.com.tw
網路書店：http://www.morningstar.com.tw
讀者專線：04-23595819#230
郵政劃撥：15060393（知己圖書股份有限公司）

印刷／上好印刷股份有限公司
初版／西元2018年8月15日
定價／280元
如有破損或裝訂錯誤，請寄回台中市407西屯區工業區30路1號更換（好讀倉儲部收）

Published by How Do Publishing Co., Ltd.
2018 Printed in Taiwan

ISBN 978-986-178-463-2